L'ABBÉ PAUL BARBIER

PAYS NATAL

GERBE BEAUCERONNE

POÉSIES

« Oh ! vers les plaines de froment
laissez-moi me perdre pensif, dans les
grands blés pleins de ponceaux, où,
petit garçon, je me perdais. »
(Frédéric MISTRAL.)

ORLÉANS

H. HERLUISON, LIBRAIRE-ÉDITEUR

17, rue Jeanne-d'Arc, 17

1889

PAYS NATAL

OUVRAGES DU MÊME AUTEUR

Prose

VIE DE SAINT HILAIRE, Évêque de Poitiers, Docteur et Père de l'Église. Librairie Poussielgue frères, rue Cassette, 15, Paris . . . . 3 fr. 75

VIE DE SAINT ATHANASE, Patriarche d'Alexandrie, Docteur et Père de l'Église. Letouzey et Ané, 17, rue du Vieux-Colombier, Paris . . . . 4 fr.

Poésies

PREMIÈRES VEILLES. . . . . 3 fr. 50

LE PAPE . . . . 0 fr. 50

Herluison, 17, rue Jeanne-d'Arc, Orléans.

IMP. GEORGES JACOB, — ORLÉANS.

L'ABBÉ PAUL BARBIER

PAYS NATAL

GERBE BEAUCERONNE

POÉSIES

> « Oh ! vers les plaines de froment
> laissez-moi me perdre pensif, dans les
> grands blés pleins de ponceaux, où,
> petit garçon, je me perdais. »
> (Frédéric MISTRAL.)

ORLÉANS

H. HERLUISON, LIBRAIRE-ÉDITEUR

17, rue Jeanne-d'Arc, 17

1889

PRÉFACE

« Cecini pascua, rura... »
(Virg.)

N a dit beaucoup de mal du pays où je suis né :

> Le triste pays que la Beauce,
> Car il ne baisse ni ne hausse,
> Et de six choses d'un grand prix :
> Collines, fontaines, ombrages,
> Vendanges, bois et pâturages,
> En Beauce il n'en manque que six [1].

Je suis le premier à reconnaître qu'Andrieux n'a pas tout à fait tort. J'ose pré-

---

[1]. *Belsia, triste solum, cui desunt bis tria tantum :*
Fontes, prata, nemus, colles, virgulta, racemi.

tendre néanmoins que cette région de notre
France a bien son charme aussi.

C'est cette conviction, faite des plus vives
impressions de mon enfance, en même
temps que de mes plus chers souvenirs,
qui m'a inspiré dans ce petit volume.

On dit que Charlemagne, vieilli, ayant
toujours des fenêtres de son palais la même
vue, un lac et sa verte ceinture de bois et
de collines, finit par en devenir épris. Sans
être aussi grands princes, il est peu d'hommes qui n'aient éprouvé, consciemment ou
non, ce sentiment de prédilection attendrie
et presque passionnée pour la nature au
milieu de laquelle ils ont vécu quelque
temps. Il semble qu'à la longue elle entre en
nous-mêmes et se mêle à notre âme, comme
s'il y avait je ne sais quelle fraternité entre
la terre et nous. Mais rien n'égale l'énergie
de nos affections pour le pays que nous
avons contemplé en ouvrant les yeux à la
lumière, et qui a été pour nous la première
révélation du monde et de la vie. Longtemps

ce petit coin de l'univers a été pour nous
l'univers tout entier. Notre cœur peu à peu
s'y est pris. Nous le trouvons admirable
toujours, avec une naïveté qui survit à l'enfance, fût-il le plus ingrat du monde. Éloi-
gné de lui par les agitations et les sépara-
tions de l'existence, nous le regrettons, nous
l'appelons, nous le désirons, et, si nous
sommes trop loin pour aller, de temps en
temps, le revoir et nous y retremper dans
l'air natal, nous en gardons la jeune et radieuse image au fond de notre pensée, avec
une tendresse que l'éloignement, la priva-
tion et le souvenir ne font qu'exalter encore.

Mon humble village n'est pas tout à fait
un village de Beauce. Situé sur la frontière
de la *Grande Plaine,* il a un cadre moins
large et plus varié. Au levant, les montuo-
sités du Gâtinais viennent mourir doucement, couronnées de sapins nouvellement
plantés. Au midi, la ligne noire de la forêt
d'Orléans coupe l'horizon, enveloppée de
vapeurs bleues d'un charme inexprimable.

Mais au nord et au couchant, tout change.
Les arbres deviennent plus rares ; quelques
bouquets seulement autour des villages et
des hameaux ; çà et là, quelques petits bois
isolés comme des îlots dans une mer. Et la
terre, d'abord faiblement ondulée, devient
égale et plane à perte de vue.

Ce monotone paysage, au printemps,
s'anime et s'égaie ; tout alors pousse et
frissonne. Un immense tapis de verdure,
semé de fleurs et d'où s'exhale l'encens de
mille parfums mêlés, s'étend comme pour
cacher le pavé d'un temple sans limites.
L'été vient, et l'aspect se transfigure. La
terre semble couverte d'une robe d'or : l'air
chaud qui l'agite chante dans ses larges
plis, pendant que les grillons babillent, que
les perdrix et les cailles dialoguent sur les
sillons, et que l'alouette, montant dans l'azur
comme une flèche, en laisse tomber ses
notes perlées et joyeuses, pures comme le
son du cristal. L'automne vient à son tour.
Nouvelle métamorphose. Des champs dé-

pouillés émane une mélancolie pénétrante. On croit entendre la terre, épuisée par sa fécondité même, demander le repos et s'essayer au silence qu'elle va garder de longs mois. Enfin, l'hiver remplace l'automne. La nature s'enveloppe alors d'une tristesse poignante. C'est la stérilité, le vide, le désert à l'infini. On dirait d'une terre désolée et maudite.

Tel est le pays que je voudrais chanter.

Enfant, jeune homme, je l'ai observé longuement, en toute saison, sous tous ses aspects, à toute heure du jour et de la nuit. Je l'ai observé avec mes yeux, avec mon âme, avec ma foi. C'est le résultat de ces observations que l'on trouvera ici, noté d'impressions ou de souvenirs. D'autres, peut-être, auront mieux compris ce riche et mobile pays ; personne, j'ose le dire, ne l'aura plus admiré, ni plus aimé.

Nulle part, « la Terre solide, mère antique de toutes choses, nourrice de tous les êtres épars sur le monde [1], » n'apparaît plus aimable. Dieu est là, en effet, plus visible qu'ailleurs. On le sent partout, sous le sol, dans l'inépuisable sève qui monte, dans ce ciel calme, si doux à la terre, dans ces horizons sans bornes qui rappellent l'infini. Il apparaît dans le jeu des grandes forces de la nature. « C'est lui qui fait lever le soleil et tomber la pluie ;... c'est lui qui fait les saisons et leurs favorables influences ; c'est lui qui envoie la chaleur, les vents rafraîchissants et les tièdes ondées ; c'est lui qui garde aussi dans ses trésors la grêle, la foudre et les tempêtes... Le laboureur mortel ouvre la terre et y jette la semence, mais c'est l'Agriculteur divin qui fait croître et mûrir [2]. » Il apparaît aussi dans les moindres manifestations de l'universelle vie. « Prenez un brin d'herbe, un épi de blé ; vous voilà instantanément, brusquement, sans transition, en présence du divin. La

---

1. HOMÈRE, Hymne XXX.
2. Mgr DUPANLOUP, Discours sur l'Agriculture.

fleur est un miracle, l'insecte est un miracle ;... j'entends par là l'inaccessible, l'irréalisable, ce qui dépasse toute force créée[1]. » Dans les grandes villes, pleines de mouvement et de tumulte, tout semble relever de l'homme. Là, tout relève de Dieu. Et, nulle part, il ne paraît plus puissant ni plus miséricordieux à l'homme.

Nulle part, non plus, l'homme ne paraît plus grand, ni sur les flots qu'il dompte, ni dans les chantiers où il invente et fabrique ses admirables machines, ni sur les champs de bataille où il déploie sa force et son courage au service de la cause sacrée du pays. Il apparaît ici comme l'agent de la Providence, avec la majesté de nourricier du genre humain. On sent qu'il est le ministre de la vie et l'aide intelligent du Créateur. Quand on pense à toutes les bouches qu'elles nourriront, à toutes les faims qu'elles assouviront, les sueurs qu'il répand

[1]. M. l'abbé BOUGAUD, Discours sur l'Agriculture.

sur les rudes guérets semblent vraiment saintes, et l'on se prend à admirer et à aimer ce paysan obscur qui, né sur la glèbe, y mourra.

Est-ce du sentiment de leur dignité et de leur rôle que viendraient aux habitants de cette contrée l'orgueil naïf qu'ils laissent trop voir ? J'ai remarqué que cet orgueil ne vient pas seulement de la richesse : les pauvres sont aussi contents d'eux-mêmes que les riches. Tous s'applaudissent également. Ils n'ont pas la vantardise hyperbolique et légèrement railleuse des gens du Midi. Ils n'ont pas tant de soleil dans la tête. C'est une estime calme de soi. Peu d'hommes, en ce pays, à ce qu'on assure, qui ne disent, de temps à autre, et avec l'accent de la conviction la plus profonde : *Il n'y en a pas un comme moi !...*

Il est vrai qu'ils sont, en général, bien partagés, et que la nature s'est montrée aussi bonne pour eux que pour leur terre.

C'est par un hasard vraiment malheureux

que, voyageant en Beauce, La Fontaine y
rencontra tant de bossus. On connaît la jolie
fantaisie que cette observation lui inspira :

La Beauce avait jadis des monts en abondance,
Comme le reste de la France :
De quoi la ville d'Orléans,
Pleine de gens heureux, délicats, fainéants,
Qui voulaient marcher à leur aise,
Se plaignit et fit la mauvaise ;
Et messieurs les Orléanois
Dirent au Sort tout d'une voix,
Une fois, deux fois et trois fois,
Qu'il eût à leur ôter la peine
De monter, de descendre, et remonter encor.
« Quoi ! toujours mont et jamais plaine !
Faites-nous avoir triple haleine,
Jambes de fer, naturel fort ;
Ou donnez-nous une campagne
Qui n'ait plus ni mont ni montagne.
— Oh ! oh ! leur répondit le Sort,
Vous faites les mutins ! et dans toutes les Gaules
Je ne vois que vous seuls qui des monts vous plaigniez.
Puisqu'ils vous nuisent à vos pieds,
Vous les aurez sur les épaules. »
Lors, la Beauce de s'aplanir,
De s'égaler, de devenir
Un terroir uni comme glace
Et bossus de naître à la place.....

Excusez La Fontaine : il était distrait ! Et
puis, ne ressemble-t-il pas un peu ici à cet

Anglais qui, rencontrant une femme rousse
à son premier pas sur le quai de Calais,
écrivait aussitôt sur son carnet : « En
France, les femmes sont rousses? » Eh
bien! non, en Beauce, tous ne sont pas
bossus, bonhomme! On y a tout aussi
bonne façon qu'en aucun pays du monde.

Grands, élancés, superbes, dans certains
villages, plus petits dans d'autres, et plus
trapus, les Beaucerons sont robustes partout. Le vent de la plaine qui fouette leur
visage active leur sang, en même temps
qu'il hâle et brûle leur peau. Les femmes y
sont fortes et vaillantes, résistantes à la
fatigue, d'une ardeur tranquille qu'aucun
effort n'épuise. On les voit bien avant l'aube
sur les sillons, conduisant la herse, tirant
le râteau, enroulant en javelles les *sangles*
immenses, recevant dans leurs bras les
épis que la faux vient d'abattre, *brocquant*
les gerbes ou les recevant sur les hautes
voitures. Pendant ce temps, les enfants
dorment sur un lit de paille dorée, à l'abri

des souffles du ciel, ou courent après les oiseaux dans les *raies* profondes ou dans les chaumes. Belle race, faite pour l'âpre lutte avec la terre !

Intelligente aussi. Nos paysans ont, en général, l'esprit un peu lent, comme leur démarche. Mais, comme dans leur sol généreux, rien ne se perd de ce qui y tombe. De l'imagination et, malgré cela, un imperturbable bon sens. Quand on fait abstraction de l'étrange français[1] qu'ils parlent, on trouve un vrai charme à leur conversation paisible, traînante et comme rythmée au pas des chevaux de labour. Avec cela, ils ont le cœur bon et facile à l'enthousiasme. Une romance met des larmes dans les yeux de ces rudes travailleurs. Leur pays ressemblant à la mer triste de Bretagne, ils

1. Il y aurait une très curieuse étude à faire sur ce langage si dédaigné des citadins. Plus d'un qui se pique de distinction serait fort étonné d'apprendre que les *j'avions* et les *j'étions* de nos Beaucerons étaient du bel air, au XVIᵉ siècle, à la cour de Blois ; que Montaigne emploie le *quant et nous,* et que Joinville écrit *avec li, l'yaue,* tout comme parlent nos paysans.

ont des Bretons la mélancolie et la chaleur
latente, moins cependant ce quelque chose
de sauvage et d'orageux qui caractérise les
fils d'Armor. Comme les Bretons, ils étaient
religieux aussi, bien que moins passionnés
et moins mystiques.

Mais je dois dire que ce pays a bien
changé, à cet égard, depuis vingt ans. Les
passions politiques et anticléricales ont semé
l'ivraie dans les âmes, et, la terre étant fertile, l'ivraie a poussé. Dans maint village, la
présence d'un seul homme, médecin, vétéri-
naire, instituteur, fonctionnaire, a bien fait
du mal. Beau parleur, d'une érudition de
journal, homme de génie aux yeux des cam-
pagnards, il a groupé autour de lui quelques
mauvais sujets, il a fait école, et fini par exer-
cer une influence funeste aux croyances.
Qu'on ne s'y trompe pas, cependant, le mal
que ces hommes ont pu faire est plus appa-
rent que réel. Les racines n'en sont pas profondes. Vienne un nouvel ordre de choses,
qu'au lieu de persécuter l'Église on la pro-

tège, ou que tout au moins on la laisse libre,
j'ose l'affirmer, les temples un peu délaissés
se rempliront de nouveau. Déjà les paysans
murmurent en dessous contre ces empiri-
ques, propagateurs d'incrédulité et de vice, et,
les méprisant dans leur âme et conscience,
après avoir connu les hommes, ils ne sont
pas loin de mépriser aussi leurs doctrines.

Oui, ils reviendront au Dieu de l'Évan-
gile : ils sont trop près de lui pour l'oublier
de longs jours. Alors, la paix rentrera dans
les villages d'où elle est absente depuis trop
longtemps ; les âmes, courbées sous le fardeau des soucis et des travaux agrestes, pé-
nétreront encore le ciel par l'élan des divines
espérances ; la vertu fleurira et fructifiera
en même temps que les blés, et l'homme,
comme la terre, atteindra sa fin.

Ce retour désiré, j'espère bien le voir un
jour. Et si mes loisirs me le permettaient,
quelle joie alors pour moi d'avoir à le
chanter !

DÉDICACE

 TOI *ces vers, ô terre maternelle,*
O blonde Beauce, ô pays des blés d'or,
Immensité tranquille et solennelle,
Où chaque grain du sol cache un trésor !

J'ai vu les monts et leur neige éternelle,
Les monts où l'aigle ardent prend son essor ;
J'ai vu la mer si troublée et si belle ;
J'ai contemplé d'autres splendeurs encor.

Même, à l'aspect de leurs radieux charmes,
J'ai, de bonheur, parfois versé des larmes :
Dieu me semblait à la nature uni ;

Mais, pour ton fils, rien ne vaut dans le monde,
O plaine immense immensément féconde,
Tes libres champs grands comme l'infini !...

P. BARBIER.

Pithiviers, ce 26 septembre 1886.

LIVRE I

LIVRE I

LA BEAUCE

L'Océan immense et sans borne,
Vaste plaine onduleuse et morne,
D'aspect monotone et divers,
Sublime et triste tout ensemble,
L'immense Océan, seul, ressemble
A la Beauce avec ses champs verts.

Comme au souffle qui la refoule,
Au loin flotte la blanche houle,
Lit moelleux et toujours mouvant,
Là, les vagues des jeunes herbes
Qui plus tard deviendront des gerbes
Flottent et courent sous le vent.

Devant les yeux de ceux qui rêvent,
Les clochers, qui là-bas s'élèvent,
Paraissent les mâts d'un voilier :
On croirait qu'ils bravent l'abime,
Et qu'ils se dressent sur la cime
Du flot farouche et familier.

La mer a ses blanches mouettes ;
Mais la Beauce a ses alouettes,
Gais oiseaux, amis des beaux jours ;
Les mouettes, aux lourdes ailes,
Pleurent des plaintes éternelles :
L'alouette chante toujours !

L'Océan, plein d'écueils sauvages,
Gronde et tonne sur ses rivages,
Et, terrible, fait peur à voir ;
La Beauce n'a que les murmures
De ses moissons vertes ou mûres,
Que les zéphires font mouvoir.

L'Océan, faux autant qu'avide,
Engloutit dans son sein livide
Nefs et marins au cœur viril ;
La Beauce, clémente et féconde,
Donne ses blés dorés au monde
Et n'a pour l'homme aucun péril !

Il n'est pas de pays sur terre
Où l'œil altéré de lumière
Ait des horizons moins étroits.
Point de forêts, point de montagnes !
L'œil qui s'ouvre sur les campagnes
Voit tout, et voit tout à la fois !

Nulle part, l'humaine poitrine,
Sur les monts, sur l'onde marine,
Ne saurait boire un air plus pur :
C'est l'haleine chaste des sèves
Qui monte et se mêle sans trêves
Aux chastes souffles de l'azur !

« La Beauce est plate ! C'est la plaine ! »
O vous tous, qui l'avez en haine,
Que ne la connaissez-vous mieux !
Immensité fertile et belle,
Elle est, et c'est assez pour elle,
Un autre Océan sous les cieux !

Pithiviers, 8 octobre 1886.

BONHEUR RUSTIQUE

R EGARDE, ô paysan, dans la tourbe des hommes,
    Élève tes yeux jusqu'au roi,
Parle, et dis s'il en est en ce monde où nous sommes
    De vraiment plus heureux que toi !

Ton labeur est bien dur, et dans ta main calleuse,
    Quand, le soir, tu reviens au bourg,
Pelle, pioche, trident, ou faux laborieuse,
    Ton outil est parfois bien lourd !

Ton visage est hâlé par le vent de la plaine,
    Tes bras, las d'efforts, sont meurtris ;
Le corps en deux, tu peux te redresser à peine,
    Tant tes reins sont endoloris !

Soit! tu subis le lot des humaines misères!
  Soit! le ciel, pour toi plein d'amour,
Ne t'a pas séparé du commun de tes frères,
  Et tu portes le poids du jour!

Regarde cependant ces heureux qu'on envie:
  Vois donc ces fronts ridés et nus,
Vois donc ces corps branlants où meurt l'esprit de vie
  Sous le faix de maux inconnus!

Va! tu n'as pas les mets dont leurs tables sont pleines:
  Du pain, du vin, du lait, c'est tout!
Qu'importe? Un sang joyeux ruisselle dans tes veines
  Et tu restes fort jusqu'au bout!

Tu n'as pas leurs palais rutilants de lumière;
  Tu n'as que ta simple maison:
Humble petite ferme ou modeste chaumière;
  Mais ils n'ont pas ton horizon!

Ils respirent la fleur des essences exquises:
  Myrrhes, ambres, nards et benjoins;
Mais, tu respires, toi, le pur parfum des brises
  Et l'arôme ardent des sainfoins!

Tu n'as pas leur théâtre où l'on rit, où l'on pleure:
  Mais ils n'ont pas devant les yeux
Ce que tu peux voir, toi, du seuil de ta demeure:
  La beauté des champs et des cieux!

Ils ont ces opéras dont l'art charmant captive,
    Les belles voix au timbre pur ;
Mais ils n'ont pas les chants de l'alouette vive
    Qui vole dans le clair azur !

Ils ont les grands honneurs ; ils ont peut-être encore
    La gloire au sourire enchanté.
On les exalte, on les encense, on les adore ;
    Mais ils n'ont pas ta liberté !

Tu t'endors aussitôt sur la dure où tu couches !
    Pour eux, sous leurs rideaux épais,
Leur esprit est hanté par des spectres farouches :
    Ces heureux-là n'ont point ta paix !

Quand la Mort sonne l'heure à l'horloge éternelle,
    Le riche tremble épouvanté !
Pour toi, bon paysan, lorsque Dieu te rappelle,
    Tu souris à l'éternité !

Tu souris, et l'espoir immortel t'accompagne
    A ton départ de ce bas lieu,
Car dans la majesté de la grande campagne,
    Ton œil pur a toujours vu Dieu !

                10 octobre 1886.

FIN D'AUTOMNE

L ES champs dépouillés des blés fauves
      Sont chauves,
Et déjà le morne guéret
      Paraît.

Les plaines où jouaient les brises
      Sont grises :
De son tour l'hiver se souvient
      Et vient.

Le soleil sans éclat ni hâle
      Est pâle,
Pareil à l'œil qui dans la mort
      S'endort.

L'azur toujours, dans le ciel vaste,
      Si chaste,
Se voit d'un nuage infini
      Bruni.

Et le souffle, fils de l'espace,
        Qui passe,
Semble, hélas ! à peine passé,
        Glacé.

            *
          *   *

Tout, perdrix, cailles, alouettes,
        Oiseaux
Chers aux champs comme les mouettes
        Aux eaux,

Sauterelles, bourdons, abeilles,
        Mêlés,
Dans les champs remplis de merveilles,
        Aux blés.

Tout ce qui naguère, sans trêve,
        Chantait,
Évanoui comme un beau rêve,
        Se tait.

            *
          *   *

Et l'automne, qui se retire,
        Expire ;
La jeunesse qu'avril trouva
        S'en va.

On sent s'approcher des ténèbres
Funèbres,
Et, tout chargés d'ennuis, des jours
Trop courts !

C'est qu'il faut que le sol, morose,
Repose ;
C'est qu'il faut que vienne l'hiver
Amer.

Mais courage ! son règne aride,
Rapide,
Ne saurait occuper le temps
Longtemps.

Avril, ce bel ami des roses
Écloses,
Vous rendra son joyeux soleil
Vermeil.

Je vois déjà les plaines vertes
Couvertes,
Après ce ciel gris et ses pleurs,
De fleurs !...

1ᵉʳ novembre 1888.

LE BLÉ

Nous n'avons pas les sources vives
    Qui serpentent aux flancs des monts,
Ni l'Océan aux fraiches rives,
Ni l'ombre des grands bois profonds.

Les fruits de goût, de forme étranges,
Par tous estimés les meilleurs,
Olives, grenades, oranges,
Naissent et mûrissent ailleurs.

Nous n'avons pas la noble vigne,
Mère ardente du vin vermeil,
Du vin joyeux, liqueur insigne
Qu'on croit faite avec du soleil.

D'autres pays donnent les roses,
Le corail, et que sais-je encor ?
Nous, nous avons mieux que ces choses :
Les froments houleux aux grains d'or !

O blé, le nom dont tu te nommes
Est un nom partout révéré,
Car c'est toi qui nourris les hommes,
Toi dont ils font le pain sacré !

Tu nourris des sucs de la terre
L'ouvrier et le roi puissant,
Et, par un sublime mystère,
Tu deviens leur chair et leur sang.

Mystère plus sublime encore !
C'est toi qui caches, sur l'autel,
La face du Dieu que j'adore
Et qui descend pour moi du ciel !...

Comme Adam franchissait la porte
D'Éden, suivant son noir chemin,
Dieu lui mit, avant qu'il ne sorte,
Quelques grains de blé dans la main.

« Va ! ce blé, dit-il, c'est ta vie !
Va, sème-le ! Dans sa langueur
Ta chair, par la faim asservie,
En lui reprendra sa vigueur ! »

Adam le sema sans attendre :
Du sol, ouvert par son effort,
Jaillit une herbe verte et tendre,
Et le genre humain n'est pas mort !...

Trésor de nos sillons fertiles,
Sois béni par tous, en tout lieu,
Noble fruit des sueurs viriles,
Froment, le plus beau don de Dieu !

Et puisse Dieu, vers qui j'élève
L'essor de mes modestes chants,
Comme le sable sur la grève
Te multiplier dans nos champs !

Pithiviers, 9 octobre 1886.

LA GALERNE

Dans les plaines, au loin, les oiseaux se sont tus ;
   La perdrix dans le creux des guérets est tapie ;
L'alouette s'est mise à l'abri des fétus ;
      On n'entend plus crier la pie !

Anxieux et dolents, les longs sillons, muets,
Frémissent au vent mou précurseur des tempêtes ;
Les premiers liserons et les premiers bluets
      Agitent leurs petites têtes !

La pousse des blés verts monte presque à vue d'œil ;
C'est le printemps ; déjà refleurit la luzerne :
Que nous apportes-tu, dans ce nuage en deuil,
      O sombre et grondante galerne ?

Vas-tu, lançant du ciel le feu de tes flancs noirs,
O nuage, porteur de la foudre brutale,
Ruiner ces beaux champs et ces féconds espoirs
    Dont la splendeur au loin s'étale ?

Lentement, lourdement, tristement, et pareil
A cent mille corbeaux qui mêleraient leurs ailes,
L'affreux nuage passe en voilant le soleil ;
    Mais point de foudre et point de grêles !

Ses bords, ensanglantés par l'éclat des rayons,
S'élèvent au-dessus de l'horizon immense.
Plus de périls !... La joie alors sur les sillons
    Renaît et son chant recommence !

L'alouette remonte au ciel en gazouillant,
Et, rassurés enfin par l'azur plus limpide,
Liserons et bluets redressent en riant
    Leurs fronts paisibles et sans ride !

Pithiviers, 16 octobre 1886.

LE SONGE D'ÉNOCH

ou

LA PREMIÈRE CHARRUE

TUBALCAÏN avait inventé les trompettes
  Et les tamtams profonds, faits de cuivres bombés,
Dont les sons imitaient la clameur des tempêtes,
Et les armes : marteaux et glaives recourbés.
Et les fils du Maudit s'en allaient par le monde,
Plus fauves mille fois que les loups ténébreux,
Noirs géants, qui, mêlant le cruel à l'immonde,
Fatigués de plaisirs, se massacraient entre eux.
Et tous étaient plus vils que la bête de somme.
Voyant que rien en lui ne restait que le sang,
Triste, Dieu regrettait déjà d'avoir fait l'homme...
Énoch seul attirait son regard bénissant.

4

Énoch le Pacifique était l'unique juste
Qui restât sur la terre en ces funèbres jours ;
Saint isolé de tout, vieillard à face auguste,
Il habitait un antre auprès d'un champ. Toujours,
Que, sa bêche à la main, il remuât la terre,
Ou qu'il allât, brisé, pour respirer, s'asseoir,
Agitant doucement sa belle lèvre austère,
Front pensif, il priait du matin jusqu'au soir.

Or, un jour qu'il avait, sur la glèbe, sans trève
Courbé son vieux corps, las comme un cerf aux abois,
Il s'endormit au pied d'un arbre et fit un rêve.
Dieu parlait, en ces temps, dans les songes parfois.
Et voici ce qu'il vit : à la limite extrême
De son champ, deux taureaux tranquilles et domptés.
Ils allaient. Un sillon, se creusant de lui-même,
Allongeait sur leurs pas ses sinuosités.
Énoch examina l'étrange phénomène
Et reconnut bientôt que c'était le dur fer
Dont usaient les géants dans leur lutte inhumaine
Qui déchirait ainsi le sol, comme la chair.
Un homme, qui suivait l'attelage superbe,
Dans le sillon ouvert par le couteau d'airain,
A la place où montaient les fougères et l'herbe,
Jetait le blé fécond d'un geste souverain.
Et le grain verdissait peu à peu sur sa trace,
Et bientôt s'élevait en blondissants épis,
Qui, dorés aux rayons qui remplissaient l'espace,
Laissaient bercer leur front par les vents assoupis.

Un sourire effleurait la longue barbe blanche
Du vieillard endormi sous l'arbre et sous les cieux.

Tout à coup des oiseaux chantèrent sur la branche :
C'était l'aurore. Énoch s'éveilla tout joyeux.
Le songe était parti comme partent les songes ;
Mais il en garda, lui, la trace en son cerveau,
Et, les rêves divins n'étant pas des mensonges,
Médita d'inventer un instrument nouveau.

Un cadavre était là dans l'herbe de la plaine,
Gisant, rigide et froid, un épieu dans le sein.
Énoch en arracha cette arme de sang pleine,
Puis abattit un arbre au bord d'un bois voisin.
Dans le tronc il fixa la grande arme guerrière,
Attacha fortement des traits à l'autre bout,
Attela deux taureaux errants dans la clairière
Et les fit avancer, lui les suivant, debout.
Or, comme dans son rêve, il vit la terre dure
Ouvrir son large sein subitement fendu,
Offrir au grain de blé sa profonde blessure,
Et puis se refermer sous le tranchant aigu.
Et quand le soir mourut dans sa couche argentée,
Le grain germait déjà sous les sillons épais.

La première charrue ainsi fut inventée
En des jours de terreur par un homme de paix.

Et quand donc, ô mon Dieu, les peuples si peu sages,
Au lieu de se ruer en de monstrueux chocs,
Changeront-ils enfin, sur le champ des carnages,
Leurs fureurs en bontés et leurs glaives en socs ?
Quand donc la paysanne, auprès de l'humble couche
Où son enfant sommeille ou sourit doucement,
En couvrant de baisers les roses de sa bouche,
N'aura plus dans le cœur nul épouvantement ?
Quand ne verra-t-on plus, aux guerres coutumières,
Dans l'air chargé de sang, les drapeaux ondoyer ?
Quand donc, enfin, les fils des tranquilles chaumières
Pourront-ils espérer mourir à leur foyer ?
Avant que notre monde arrive au crépuscule,
Fais fleurir, Dieu de paix, l'universel amour !
La terre, ainsi, du ciel sera le vestibule,
En attendant qu'en toi tout se confonde un jour !

L'AUTRE PAIN

~~~~~~~~~

Va ! Paysan ! pioche, ensemence,
　　Fauche, mets tes gerbes en tas !
Va ! remplis ton grenier immense,
Bats, mouds tes épis, recommence !
Mords au pain qu'ont gagné tes bras !

Le pain fera ton corps robuste ;
Mais si tu n'as, pour te nourrir,
La Vérité, ce pain auguste
Qui fait l'homme bon, pur et juste,
Pour toi, vivre sera mourir !

Ton âme manquera de sève !
Courbé jusqu'à ton dernier jour,
Travaillant et suant sans trêve,
Tu marcheras comme en un rêve,
Sans espérance et sans amour !

4.

Le sang battra dans ton artère,
Mais, esprit tout matériel,
Pour toi, rien n'étant que mystère,
Tu ne comprendras pas la terre,
Tu ne comprendras pas le ciel !

Tout, ici-bas, est un symbole :
Les soleils parlent au bluet.
Entendras-tu leur parabole ?
Le monde sera sans parole
Comme un grand cadavre muet !

Et tu ne seras plus un homme ;
Esclave plein de vains regrets,
Tu t'en iras dans la nuit, comme
La stupide bête de somme
Qui retourne tes longs guérets !

Tu sentiras des défaillances
Dans ton sein las et comprimé,
Car, eût-il toutes les vaillances,
Sans le pain sacré des croyances
Le plus riche est un affamé !

Pas d'horizon, que ton étable
Ou la grange où sèche ton blé !
Et dans ce monde où rien n'est stable,
Hélas ! tu vivras lamentable,
Et tu mourras inconsolé !

Sois sage, ô Paysan ! méprise
Ceux qui veulent tuer ta foi !
Relève les autels qu'on brise !
Réponds aux cloches de l'église !
Laisse ton Dieu rentrer chez toi !

Car Dieu, c'est la grande puissance,
Obscure et visible pourtant,
Qui, d'en haut, donne la croissance
A l'humble germe, et qui dispense
La vie au sillon palpitant !

Tout l'écoute, car tout l'adore.
Il dit : reluis ! au grand soleil,
Il dit aux vents : soufflez encore !
Et c'est lui qui sème à l'aurore
La rosée au reflet vermeil !

Autour de sa tête sublime,
Les astres tournent effrayés ;
Il est le fond, il est la cime,
Et, dans l'espace qu'il anime,
La terre roule sous ses pieds !

10 décembre 1888.

LES ARBRES

L'ARBRE fier, dont le front se hausse
　　Au clair azur du firmament,
Dans le sol riche de la Beauce
Ne croît que difficilement.

Pour vivre et pour pousser à l'aise
Ces verts rameaux que nous aimons,
Il lui faut la marne ou la glaise,
Ou les rochers au flanc des monts.

Il lui faut, sur l'abrupte pente,
Le ruisseau qui chante en courant,
Le baiser du flot qui serpente
Ou les bonds tonnants du torrent.

Dressé sur la couche de marbres
Que foule son pied de Titan,
Il faut au cèdre, roi des arbres,
Les sommets neigeux du Liban.

Il faut au pin la maigre lande,
La Sologne aux étangs brumeux,
Les fiords venteux de la Finlande,
Ou des mers les bords écumeux.

Pour déployer son puissant torse
Et ses grands bras ombreux et frais,
Au chêne, orgueilleux de sa force,
Il faut les profondes forêts.

A ce rêveur triste, le saule,
Fantôme toujours frémissant,
Il faut l'onde calme qui frôle
Ses longues branches en passant.

Au hêtre grave, au tremble, au frêne,
Au bouleau tout vêtu de blanc,
Afin que leur racine y prenne,
Il faut un sol moins opulent.

Car au vallon ou sur les crêtes,
Sous le ciel sombre ou le ciel bleu,
Les arbres sont anachorètes
Et, pour vivre, ont besoin de peu.

Or, notre terre beauceronne,
Avec sa sève au suc vivant,
Est une nourrice trop bonne
Pour que l'arbre soit son enfant.

Debout près de la grasse touffe
Du blé qui veut être nourri,
L'arbre, sobre et frugal, étouffe,
Et reste à jamais rabougri.

Dès qu'il est grand, il est difforme ;
Solitaire au bord des chemins,
On dirait, à sa triste forme,
Un exilé qui tend les mains !...

Pourtant sois consolée, ô Mère ;
Qu'il s'effile comme un flambeau,
Ou bien qu'il s'arrondisse en sphère,
Il est vrai, l'arbre est toujours beau.

Son ombre abrite les pervenches,
Il a des frissons infinis,
Il porte des nids dans ses branches
Et de doux oiseaux dans ces nids.

Mais si, de ses vertes ramures,
Il cachait tes grands horizons,
S'il remplaçait par ses murmures
Les murmures de tes moissons,

Va ! tu ne serais plus la même,
Et, j'en prends les cieux à témoins,
Eusses-tu la grâce suprême,
Nous, tes fils, nous t'aimerions moins !

Orléans, 19 octobre 1888.

COUCHANT

L E soleil chevelu, las de son vaste tour,
     Descend vers l'Occident, cette tombe du jour.
Il descend entouré de nuages énormes
Qui planent sous ses pieds avec d'étranges formes,
Et qui, dans l'étendue où l'œil les voit courir,
Paraissent menacer ce roi prêt à mourir.
Ils se dressent, pareils à des pans de muraille,
Puis semblent s'animer, se ranger en bataille,
Et, parmi les rayons qui pénètrent leurs flancs,
Arborer des drapeaux noirs, ou rouges ou blancs.
On voit se remuer des bras, des pieds, des têtes,
C'est un peuple hagard de géants et de bêtes :
Hippogriffes, dragons, chimères, éléphants,
Centaures cuirassés aux casques triomphants

Que suivent, en laissant s'agiter leur ceinture,
Des amazones d'or à la svelte stature.
Tous les monstres hideux, anciens et nouveaux,
Dont les spectres, la nuit, ébranlent nos cerveaux,
Sont là. Cela bondit, et vole, et rampe, et roule.
Et l'on croirait ouïr des cris dans cette foule,
Tant ces hauts bataillons de nuages mouvants,
Grises vapeurs sans âme, ont l'air d'être vivants...

Cependant, comme un dieu que rien ne peut atteindre,
Le soleil, lentement, continue à s'éteindre.
Son grand orbe, d'abord de la pâleur de l'orge,
Rougit, comme le fer aux flammes de la forge.
Alors, dans l'incendie immense du couchant,
Les nuages, sur l'astre à l'horizon penchant,
Changent tous, tout à coup, leurs formes fantastiques.
On voit des hommes noirs, forgerons athlétiques,
Surgir, marcher, rouler sur les hauteurs de l'air
Une enclume massive, énorme bloc de fer,
Courir, puis, de leurs bras vigoureux et farouches,
Avec des marteaux, lourds pour eux comme des mouches,
Frapper à coups serrés le globe qui grandit.
Et chaque bras qui frappe à frapper s'enhardit.
Il frappe, il frappe encore et toujours recommence.
Étincelles, éclairs, gerbe de feux immense,
Remplit les cieux et tombe en flots pleins de rayons
Sur la plaine tranquille aux frissonnants sillons.
Et les noirs forgerons que la pourpre illumine

5

Frappent toujours, et l'astre avec lenteur s'incline.
Repoussé vers le gouffre à l'horizon béant
Par les marteaux, enfin, le grand astre géant,
Dont l'ardente splendeur peu à peu diminue,
Vaincu, mais beau toujours, s'affaisse sous la nue.
Livides et défaits comme un peuple de morts,
Les spectres conjurés disparaissent alors,
Cependant que, là-bas, la lune sort de l'ombre,
Sourit à l'Orient, reine d'astres sans nombre,
Et dans le vaste azur plein de sérénité,
Lente et douce, gravit son sentier argenté.

28 octobre 1888.

NOSTALGIE

CHANSON D'EXIL

~~~~~~~~~

JE devais te revoir dans ma Beauce chérie,
    Nouveau printemps, ô doux réveil!
Je devais respirer, dans sa plaine fleurie,
    Les parfums de son foin vermeil!

Je devais voir encor pousser votre herbe tendre,
    Longs sillons enfin rajeunis,
Et, parmi ces chansons que j'aime tant entendre,
    Voir vos oiseaux faire leurs nids!

Je devais m'en aller encore avec mes rêves,
       O champs, dans vos sentiers battus,
Et m'enivrer encor de l'âcre odeur des sèves
       Qui s'exhale des verts fétus !

Je devais te revoir, spectacle grandiose
       D'un désert qui s'anime au vent,
Et que, sous le beau ciel qui l'échauffe et l'arrose,
       Avril rend tout à coup vivant !...

Dieu ne l'a pas voulu : me voilà dans la ville,
       Et votre fils, ô libres champs !
N'a plus pour horizon que des murs, longue file,
       Et des boutiques de marchands !

Au lieu des airs perlés des alouettes grises,
       Du cri joyeux des noirs grillons,
Du murmure des blés se courbant sous les brises
       Et se dorant sur les sillons,

Il entend le fracas des multitudes folles
       Bondissant dans l'énorme bruit,
Bruit de pas, bruit de chars, bruit de vaines paroles,
       Bruit du jour et bruit de la nuit !

Au lieu des parfums purs, fils de la terre humide,
       Qui montent là-bas de partout,
Il n'a plus que l'air lourd, insalubre et fétide,
       De la rue où fume l'égoût !...

Envoi.

Chanson, ouvre ton aile et va dire à la plaine
        Que je garde son souvenir,
Et que, dès qu'un zéphyr m'apporte son haleine,
        Je rêve et voudrais revenir !...

CHANSON BEAUCERONNE

JE suis fils des rustres robustes,
   Des reins solides, des fiers bustes,
Des rudes fronts et des bras forts !
Dans ma poitrine, qui résonne,
Ma voix vibrante sonne et tonne
Comme la fanfare des cors !

De l'heure obscure où je me lève,
Jusqu'au soir, je marche sans trève
Avec mes grands chevaux muets :
Ma vie est à la plaine immense,
Aux champs féconds que j'ensemence,
Aux blés d'or jonchés de bluets !

Soufflez, autans ! Tombez, averses !
Luis, soleil ! Sous les cieux adverses,
Fidèle à ma tâche du jour,
Je vais ! Car la terre a mon âme,
Et, quand la terre me réclame,
Je sens mon cœur battre d'amour !

J'ai la liberté pour compagne,
Je bois l'air pur de la campagne ;
J'ai du pain noir pour me nourrir,
Je suis content. Sans autre envie,
J'enferme dans les champs ma vie :
J'y veux vivre et j'y veux mourir !...

29 avril 1887.

HORIZON

Toi qui voudrais nager dans le ciel solitaire,
    Toi qu'un puissant désir entraine vers l'azur,
Cœur lassé, dégoûté du monde et de la terre,
Avide d'horizon, comme l'aigle, et d'air pur ;

Va ! satisfais la soif sublime qui t'altère,
Prends ton bâton ferré de bois flexible et dur,
Touriste, des grands monts gravis la pente austère
Jusqu'à la blanche cime, abrupte comme un mur.

Quand tu domineras, roi des plus hautes crêtes,
Ces pics inviolés qui bravent les tempêtes,
Vierges depuis toujours de tout contact humain ;

Lorsque tu seras là, brisé par le chemin,
Tu ne verras pas plus de ciel ni de lumière
Qu'un rustre beauceron du seuil de sa chaumière !...

Orléans, 21 mars 1887.

LES DÉSERTEURS

Vivre libre au soleil et dans l'air pur des plaines,
    Mener dans les sillons les grands bœufs attelés,
Ramener sur les chars les seigles et les blés,
Conduire les troupeaux vêtus de blanches laines ;

Puis, quand l'automne ardent jaunit les arbres verts,
Cueillir les raisins mûrs et presser les vendanges,
Avoir dans ses celliers du vin, et dans ses granges
Des gerbes de froment pour deux ou trois hivers,

Paysans d'autrefois, voilà ce qu'à la vie,
Priants, vous demandiez pour être satisfaits ;
Et quand la main de Dieu, d'où coulent tous bienfaits,
Vous l'avait accordé, vous n'aviez plus d'envie !

Ce dur sol arrosé des sueurs de vos pères,
Ces plaines où vos yeux s'étaient ouverts au jour,
Vous aimiez tout cela d'un vaste et tendre amour,
Vous ne les quittiez pas sans des larmes amères.

C'est changé maintenant! A peine ont-ils quinze ans,
Que les fils des vallons et de la plaine libre
D'un autre amour moins beau sentent vibrer la fibre
Et rougissent, honteux, au nom de paysans.

Les sainfoins frissonnant aux brises printanières,
Les blés que Juin dore à son soleil de feu,
Les bois chantants, enfin la nature de Dieu
N'a plus aucun attrait pour ces âmes trop fières.

Ces champs qu'il faut bêcher, labourer, piocher,
Mouiller de l'aube au soir de ses sueurs fécondes,
Ces seigles et ces blés, toutes ces moissons blondes
Qu'il faut à l'août brûlant parcourir et faucher,

C'est pour ces jeunes gens une trop lourde tâche,
Car ils n'ont plus, hélas! pour d'aussi beaux efforts
Les bras assez vaillants ni les reins assez forts,
Et, fils dégénérés, ils ont le cœur trop lâche!

Le chaume paternel leur semble indigne d'eux;
Ils rient des simples mœurs du modeste village,
Et, tout en l'employant, de ce banal langage
Que les fils des hameaux reçoivent des aïeux.

Ils voudraient toujours être en habit des dimanches,
Habiter ces palais qu'ils ne voient qu'en rêvant,
Être à l'abri toujours du soleil et du vent,
Et garder, grands seigneurs, frais visage et mains blanches.

Et que deviennent-ils, tous ces ambitieux ?
Ils quittent l'air natal pour l'air brumeux des villes,
Leur sainte liberté pour les emplois serviles,
Leur modeste bonheur pour un sort odieux !

Ils traînent leurs souliers sur les places publiques,
Ouvrent sur tout leurs yeux pleins d'infinis désirs ;
Ils vont, bouffis d'orgueil, mais sans réels plaisirs,
Et leur dernier triomphe est d'être domestiques !...

Ah ! ne l'oubliez plus, ô jeunes villageois,
Cet homme est noble et beau qui conduit la charrue,
Et, quand leur front vaillant se dresse sous la nue,
Les humbles paysans sont grands comme des rois.

Remuez les sillons avec vos mains habiles,
Soyez le peuple fort et le sang généreux,
Soyez les nourriciers des citadins fiévreux,
Gardez vos durs travaux et vos fiertés viriles !

Gardez le calme heureux des larges horizons,
Gardez l'aspect riant des riantes collines,
Gardez l'air pur et sain qui remplit vos poitrines,
D'où que vienne le vent sur l'aile des saisons !

Gardez vos vêtements tissus avec la laine
Des bondissants troupeaux qui paissent dans vos champs,
Gardez vos toits si pleins de souvenirs touchants,
Gardez votre pain bis fait du blé de la plaine.

Soyez des paysans comme vos grands aïeux,
Gardez vos purs amours, gardez vos mœurs antiques,
Et, je vous le prédis dans ces strophes rustiques,
D'autres seront plus fiers,... vous serez plus heureux !

18 novembre 1884.

PRIÈRE

O mon Dieu, bénissez cette terre féconde
      Si chère aux paysans,
Cette terre qu'hélas ! l'eau de leur corps inonde
      Sous les soleils cuisants !

Rendez-la moins rebelle et plus fertile encore ;
      Versez sur les sillons,
Pour qu'au temps des bluets l'épi blond les décore,
      La pluie et les rayons !

Que les souffles ailés aux légères haleines
    Fassent, à l'août brûlant,
Frissonner, et chanter, et sourire les plaines,
    Vaste lac ondulant ;

Que l'Abondance, au front paré de fleurs agrestes,
    Vienne, matin et soir,
A la table du pauvre étonné de ses restes,
    Les mains pleines, s'asseoir ;

Et que la Paix, enfin, douce, plane à toute heure
    De la nuit et du jour
Au-dessus des toits bleus de son humble demeure
    Et l'emplisse d'amour !

Mais bénissez, surtout, vous dont l'œil nous regarde,
    L'âme des travailleurs,
Afin qu'ils soient, mon Dieu, sous votre sauvegarde,
    Plus croyants et meilleurs,

Et que, dans les travaux dont leur vie est lassée,
    Quelquefois, à genoux,
Ils élèvent le vol de leur lourde pensée,
    O Seigneur, jusqu'à vous !

Car si vous avez fait leurs bras aussi robustes
    Que l'arbre des forêts,
Pour qu'ils soient les agents de vos desseins augustes
    Sur les âpres guérets,

Vous avez fait aussi leur âme inaltérable,
            Noble esprit immortel,
Pour qu'elle voie un jour combien est admirable
            Votre visage au ciel !

                        24 décembre 1888.

LIVRE II

LIVRE II

L'INVASION

I

SI jamais le canon d'alarmes
   Tonne aux frontières du pays,
Laisse là ta charrue ! Aux armes !
Cours aux frontières, ô mon fils !
La France, à ces heures amères,
Est la première entre les mères :
Va ! s'il le faut, sois son martyr !
Car toujours l'étranger la guette,

Et toujours sa haine inquiète
Fait ce rêve : l'anéantir !

Debout ! la Mort et la Victoire
Te disent alors d'accourir :
L'une et l'autre donne la gloire.
Debout ! Va-t'en vaincre ou mourir !
Si ton bras hardi ne l'arrête,
L'Invasion farouche est prête
A déchaîner ses tourbillons ;
Tels ces formidables orages
Qui parfois, au temps des fourrages,
Fondent, hurlants, sur nos sillons !

II

J'ai vu ces jours maudits, jours d'angoisse et de honte,
Où les blonds Allemands, ainsi qu'un flot qui monte,
S'avançaient, orgueilleux, sur la France aux abois.
Ils avaient tout passé, le Rhin, les monts, les bois.
Puis, comme ces rochers qui roulent des montagnes,
Un jour ils sont tombés sur nos tristes campagnes.
J'étais enfant alors, j'avais onze ou douze ans,
Et je vivais, joyeux, parmi les paysans ;
Mais ce temps malheureux, hélas ! autant qu'infâme,
Pour jamais a laissé son ombre sur mon âme.
Comme un spectre odieux, devant moi, jour et nuit,
Son souvenir cruel se dresse et me poursuit...

III

Il faisait un soleil superbe,
Le ciel du matin était bleu,
Et le grésil avait dans l'herbe
Mis partout des perles de feu.

Dressant au vent ma tête folle,
Pleine d'enfantines chansons,
Je m'acheminais vers l'école,
En me répétant mes leçons.

Que le village était paisible !
Que l'air était pur, ce jour-là !...
Soudain, j'entends un cri terrible :
« Sauvez-vous, grand Dieu ! les voilà ! »

Les femmes semblaient demi-mortes,
Les hommes tremblaient de stupeur,
Et l'on fermait toutes les portes
Tant ceux qui venaient faisaient peur !

Et moi, je restai sur la route,
Ouvrant de grands yeux éblouis
Et ne voyant rien que la voûte
Des cieux par l'aube réjouis.

Bientôt pourtant, sec et rapide,
Un galop fit trembler le sol,
Pendant que dans l'azur limpide
De noirs corbeaux hâtaient leur vol.

Et je vis, portant sur leur tête
Les ossements croisés d'un mort,
Passer, comme un vent de tempête,
Les fauves hussards de la Mort.

Leur courte carabine, armée,
Jetait de terribles rayons,
Et ces éclaireurs de l'armée
Me parurent des visions !...

Mais quand je pus me reconnaître,
Oh ! je m'en souviens, je pleurai,
Car en moi j'avais senti naître,
O France, ton amour sacré !

IV

Et je courus alors vers cette vieille église
Qui dresse, au cœur du bourg, sa massive tour grise.
Là je vis le curé, ce grand vieillard si doux,
Qui priait à l'autel de la Vierge, à genoux,
Sa blanche tête un peu renversée en arrière.
Mais sans prendre le temps de faire ma prière,
Après maint choc dans l'ombre épaisse, et maint détour,
J'escaladai l'échelle et montai dans la tour.

Et je montai plus haut que la plus grosse cloche,
Jusqu'à cette lanterne en plomb qui semble proche
Du ciel, lorsque les yeux la regardent d'en bas.
On voit là dix clochers surgir comme des mâts.
L'horizon se montrait tout entier, diaphane.
Tout à coup j'aperçus, énorme caravane,
Toute une armée avec des guidons noirs et blancs,
Et je criais d'en haut : « Les hulands ! les hulands ! »
Elle accourait, à l'est, comme un sombre nuage,
Qui, s'écroulant du ciel, dans une heure d'orage,
Roulerait sur la terre avec d'effrayants bruits.
La poussière montait, noire comme les nuits...
J'eus peur, je descendis et courus vers ma mère.

On attendit une heure, heure d'angoisse amère.

Tout à coup la fanfare éclata dans le bourg,
Et je vis défiler d'un pied puissant et lourd
D'abord les grands uhlands avec leur svelte lance
Que le pas des chevaux en cadence balance,
Puis, fiers, mais fatigués et le front abattu,
Les sombres fantassins sous leur casque pointu.
On en sentait encor loin, là-bas, dans la plaine,
Et déjà chaque rue en était noire et pleine.
Un chef hurla des mots qui déchirèrent l'air,
Et tout le régiment, dans l'instant d'un éclair,
S'arrêta, puis rompit les rangs, et le village
Parut livré soudain aux horreurs du pillage.

Et les soldats, alors, coassants et poudreux,
Sous le toit des vaincus entrent comme chez eux...

V

Ils pénètrent dans la demeure
Où le père, stupide et coi,
Attend, où la mère, qui pleure,
Avec l'enfant tremblent d'effroi.

Les uns ouvrent la vieille huche
Et le lard, le pain, prennent tout ;
Les autres saisissent la cruche
Et répandent du vin partout.

Faméliques, d'autres, en foules,
Aux dernières lueurs du jour,
Sabre au clair, poursuivent les poules
Dans les coins de la basse-cour.

D'autres, de leurs longues cravaches,
Flagellent, au milieu du foin,
Les superbes et pauvres vaches
Qu'ils vont tuer deux pas plus loin.

Les paysans en ont des larmes,
Hélas ! plein les yeux, plein le cœur.
Mais que faire devant les armes
Du rapace et brutal vainqueur ?...

VI

Et la nuit ? Oh ! la nuit fut longue et bien cruelle !
Ils avaient pris les lits : du bord à la ruelle,
Ils s'étendaient, ronflant, et dormant, entassés,
De ce sommeil de plomb des hommes harassés.
Près de l'âtre, où flambaient ses meubles joints aux souches,
Mon père regardait ces endormis farouches.
Ma mère, me tenant sur ses tremblants genoux,
Pleurait et priait Dieu d'avoir pitié de nous.
Et moi, fragile enfant, pris des mêmes alarmes,
Je pleurais de la voir verser ainsi des larmes,
Et je ne pus dormir un instant de la nuit...
Enfin le pâle jour à l'Orient reluit ;
La trompette sonna je ne sais quel air sombre,
En sursaut, les dormeurs couchés dans la pénombre
Se levèrent d'un bond, et prenant leur fusil,
Partirent par les champs saupoudrés de grésil !

VII

Où donc, hélas ! étaient les nôtres ?
Où donc la victoire et l'orgueil ?...
Depuis, chaque jour en vit d'autres
Venir heurter à notre seuil.

Dans le triomphe ou la déroute,
On entendait à tous moments,
Comme un tonnerre, sur la route,
Rouler les vastes régiments.

Les vents apportaient par rafales
Les grondements sourds des caissons,
Ou des fanfares triomphales
Qui nous donnaient d'affreux frissons.

Le canon mêlait ses tempêtes
Au chaos des bruits conjurés,
Et, de temps en temps, sur nos têtes,
Volaient des boulets effarés.

Et des voitures d'ambulances,
Sous leur triste poids gémissant,
Passaient, conduites par des lances,
Et tachant la terre de sang.

Et le soir, dans les plaines mornes,
On voyait s'allumer des feux
Qui, dans la nuit noire et sans bornes,
Jetaient leur lueur jusqu'aux cieux.

Comme un voile qui se déchire,
L'ombre, s'ouvrant, montrait autour
De gros Teutons dont le gros rire,
Sinistre, sonnait jusqu'au jour...

VIII

Et toujours on parlait de nouvelles défaites :
Deuil grand comme la mer !... Ni dimanches, ni fêtes ;
Rien que des jours remplis d'infortunes sans nom,
Et, du matin au soir, troublés par le canon.
Tels que de lourds oiseaux aux ailes de ténèbres,
Les mois se traînaient longs, lents, noirs, tristes, funèbres.
Et, tous travaux semblant désormais superflus,
On ne labourait plus, on n'ensemençait plus.
Foulés, massés, durcis au pas des multitudes,
Les sillons avaient pris l'aspect des solitudes ;
Vides, ils étendaient leurs guérets désolés
D'où les petits oiseaux s'étaient même envolés.
Et l'on se demandait, ô angoisse profonde,
Si l'on n'allait pas voir venir la fin du monde !
Les corps s'affaiblissaient ; les bras vaillants, flétris,
Tombaient aux paysans par la faim amaigris.
Et la Mort, ce faucheur réjoui par la guerre,
Dans ces mornes maisons si vivantes naguère,
Active, sur les pas des Prussiens triomphants,
A pleine faux fauchait jusqu'aux petits enfants.
A chaque heure on voyait, par les portes ouvertes,
Planches d'un long linceul tristement recouvertes,
Sortir d'étroits cercueils qui marchaient lentement
Dans le vieux bourg désert plein d'épouvantement...

IX

Mais laissons cet âge funeste
S'enfoncer dans son passé noir,
Passé que la France déteste
Et qu'elle ne veut plus revoir.
Que l'étranger qui nous regarde
Nous trouve prêts, s'il se hasarde
A vouloir encor guerroyer :
S'il faut mourir, mourons sans crainte :
La plus sainte des causes saintes,
Après l'autel, c'est le foyer !

Plutôt que de livrer nos plaines
Aux lourds escadrons ennemis,
Et de leur donner, à mains pleines,
L'or, tribut des peuples soumis,
Français, debout ! à la frontière,
Laissons, formidable barrière,
Tous nos cadavres s'entasser :
Que le vainqueur, malgré sa rage,
En la voyant, se décourage
Et désespère de passer !...

Orléans, 20 décembre 1888.

AUBADE

SALUT à toi, splendeur première !
Front éternellement vermeil !
Père immortel de la lumière,
Œil du vaste monde, ô soleil !

Sous les perles de la rosée,
La terre, entr'ouvant ses sillons,
T'appelle, et veut être arrosée
Par l'averse de tes rayons !

Elle se réveille, ravie
De te revoir, ô grand flambeau
Car c'est toi son amour, sa vie,
Son époux toujours jeune et beau !

Et vous, retirez-vous, étoiles,
Fermez vos beaux yeux aux cils d'or ;
Voici que dans l'azur sans voiles
L'astre du jour prend son essor !

Pithiviers, 15 mars 1886.

L'UNIQUE ESPÉRANCE

L E peuple a dit : Je suis la France !
  Quels qu'aient été mes longs malheurs,
J'ai cette invincible espérance :
Mes yeux verront des jours meilleurs !
Le soleil qui, le soir, se couche
Dans l'Océan, funèbre couche,
A l'aube reprend son chemin ;
Ainsi, moi, que des revers sombres
Ont jeté sanglant dans les ombres,
Je veux me relever demain !

Le peuple a dit : J'aime la gloire,
Seul bien des peuples ici-bas !
Jadis chéri par la Victoire,
A moi le laurier des combats !

Que chaque haut-fourneau s'allume,
Que les marteaux frappent l'enclume,
Qu'on forge l'acier sans repos ;
Je veux qu'à l'heure des alarmes,
Tous mes fils, couverts de leurs armes,
Se rangent sous mes fiers drapeaux !

Le peuple a dit : Salut, aurore !
Je vivais perdu dans la nuit,
Mais enfin l'horizon se dore,
Et sur mon front un astre luit !
Invention d'hommes infâmes,
C'est la foi qui tuait les âmes,
La foi, spectre des noirs psautiers ;
L'Église est hypocrite et folle ;
Gloire désormais à l'école,
Ce vrai flambeau de mes sentiers !

Et les lourds marteaux qu'ils soulèvent
Tonnent aux mains des forgerons,
Et partout les soldats se lèvent
A l'appel bruyant des clairons ;
Et partout, du milieu des herbes,
Des écoles, palais superbes,
Dressent leurs blancs murs orgueilleux,
Pendant que tombent en ruines
Les temples, demeures divines
Où jadis priaient les aïeux !

O peuple, que fais-tu ? Quel songe,
Quelle ivresse de vin nouveau,
Quel espoir rempli de mensonge
Peut troubler ainsi ton cerveau ?
Sais-tu bien vers quels bords tu vogues ?
Crois-tu qu'avec des pédagogues
Riant de Dieu devant tes fils,
Crois-tu qu'en entassant les glaives,
Tu réaliseras tes rêves
Et braveras tous les défis ?

Non, non ! détrompe-toi. La force
Par laquelle un peuple est vainqueur
Ne vient ni du bras qui s'efforce,
Ni de la tête, mais du cœur !
Nochers d'un trop frêle navire,
Des savants dont la foi chavire
Ne seront jamais des vaillants ;
Il n'est pour s'immoler eux-mêmes
Sous le feu des luttes suprêmes
Que des fous... ou que des croyants !

C'est aux siècles de foi profonde,
Qu'aux yeux des peuples stupéfaits,
Les héros ont rempli le monde
De la gloire de leurs hauts faits.
Sénat favorable ou funeste,
Roulant leur Olympe céleste

Au milieu de tous les hasards,
Les dieux dorés du vieil Homère
Riaient au triomphe éphémère
Des Darius et des Césars !

Comme un bel astre qui se lève
Dans les feux sanglants du matin,
Au milieu d'un combat sans trêve
Le Christ sourit à Constantin ;
Et c'est ce même Christ encore
Qui, dans les pays de l'aurore,
Fit triompher les Francs pieux,
Lorsque, pour la divine tombe,
Ils se livraient en hécatombe
Et mouraient le ciel dans les yeux !

Plus tard, quand l'Europe hésitante
Criait aux vents : Cet homme est Dieu !
Lui, Bonaparte, sous sa tente,
Le soir, courbait sa tête en feu ;
Et quand ce géant militaire,
Qui dans sa main tenait la terre,
Avait fait quelques grands exploits :
« Cloches, criait-il, sonnez toutes ! »
Et les échos des saintes voûtes
Portaient son nom au Roi des Rois !

Tu veux que ta gloire féconde
Rayonne encore en tous pays,

O peuple, ne détruis plus, fonde !...
Reviens au Dieu que tu trahis !
Le jour où, malheur sans exemples,
Tu déserterais tes vieux temples,
Les aïeux pleureraient sur toi ;
Car l'oiseau vit du grain des gerbes,
L'humble brute, des vertes herbes,
Les grands peuples vivent de foi !

Cultive la science humaine,
Sois l'astre qu'on voit de partout ;
Fourbis tes armes ; que la haine
Te trouve à toute heure debout.
Nation savante et guerrière,
France, sois partout la première !
Que nul front n'égale le tien !
Mais souviens-toi de cet augure :
Ta ruine est prochaine et sûre
Si tu n'es un peuple chrétien !...

10 octobre 1887.

L'ALOUETTE

UN arc-en-ciel brillant irise
    L'aile de l'oiseau des forêts ;
Moi ? Non ! Ma plume est terne et grise
Comme la glèbe des guérets !

Mais Dieu rétablit l'équilibre,
Quels que soient la plume et les chants ;
Ils ont les bois, moi, j'ai les champs :
Ils sont plus beaux, je suis plus libre !

Pithiviers, 12 janvier 1887.

A LA TERRE

~~~~~~~~

O toi, qu'on adora sous le nom de Cybèle,
Terre, mère à la fois si féconde et si belle,
Toi du vieil univers le cœur et le milieu,
Berceau, tombe de l'homme et piédestal de Dieu,
Salut ! Je t'aime, ô mère, et devant toi j'incline
Ce front où l'âme a mis une flamme divine !

Les autres éléments, quelquefois nos amis,
Deviennent trop souvent nos pires ennemis.
L'eau des perfides mers bat les sombres rivages.
Déchaîné dans le ciel avec des cris sauvages,
L'air ému, devenu tout à coup l'aquilon,
Fait trembler de frayeur la plaine et le vallon.

Plus redoutable qu'eux, implacable et farouche,
Le feu dévore tout ce que sa flamme touche.
Mais toi, toujours muette et féconde toujours,
Tu tournes dans la paix le cycle de tes jours.
Du soleil, roi du monde, humble et royale épouse,
Du bonheur de tes fils soucieuse et jalouse,
Tu portes sur ton sein tendrement maternel
Tous les êtres que Dieu fait vivre sous le ciel,
Plantes, oiseaux, cirons, fauves, bêtes de somme,
Tous; mais le plus chéri de tes enfants, c'est l'homme !
Avec ou sans respect, avec ou sans dessein,
L'homme te foule aux pieds, te déchire le sein,
Fait dans ta ferme chair de profondes entailles,
Va chercher ses joyaux jusques dans tes entrailles,
Jette au vent les rochers, tes vénérables os,
Les dépèce et bâtit des cités sur ton dos;
Il prend sa hache, il va dans tes forêts sublimes
Et couche sur le flanc tes bois aux vertes cimes ;
Il prend sa faux, il va par les prés et les champs
Et coupe par milliers tes fleurs, beaux fronts penchants,
Tes fleurs, gracieux voile où ton sein se dérobe,
Tes fleurs, ornement pur qui décore ta robe ;
Il prend son arme, il va, terrible, et de sa main
Verse sur tes sillons des flots de sang humain.
Ta splendeur, sur ses pas, s'avilit et se fane ;
Il te blesse à plaisir, bien plus, il te profane !
Toi, sans sortir jamais de ton calme profond,
Tu souffres et souris comme les mères font;

Et pour toute vengeance à ses fureurs hostiles,
Tu centuples les blés dans tes plaines fertiles.
Tu te souviens toujours que sa chair est ta chair,
Et si mauvais qu'il soit, l'homme t'est toujours cher !

Orléans, 12 octobre 1888.

ENTERREMENT

L E fils d'un gros fermier du village d'Avye
L   Était mort, tout d'un coup, d'une fièvre, à seize ans.
On sut bientôt partout la fin de cette vie ;
Ce fut de la stupeur parmi les paysans.

« Comment ! se disaient-ils, est-ce que c'est possible ?
Lui si jeune, et si riche, et si bon, et si beau,
Être en deux jours fauché par la mort inflexible ?
Hélas ! c'est donc bien vrai : nul n'échappe au tombeau ! »

Plusieurs, se rappelant ce qu'il avait de charmes
Et sa douceur surtout envers les pauvres gens,
Le pleuraient, désolés, avec les mêmes larmes
Que s'il avait été l'un de leurs vrais enfants.

Le dernier glas sonna. Bien qu'une froide bise,
Versant l'eau d'un ciel gris, eût mouillé les chemins,
Deux cents hommes au moins vinrent dans l'humble église :
Tous songeaient, recueillis, le front dans leurs deux mains.

Dans le champ du sommeil la scène fut poignante :
Sortant de tous ces cœurs, les pleurs coulaient à flots.
Le blanc cercueil glissa dans la tombe béante
Avec un bruit profond couvert par les sanglots.

Devant l'explosion d'une douleur pareille,
Ému par tant de cris éperdus et touchants,
Le vieux prêtre, debout près de la croix vermeille,
Avant d'avoir fini, dut suspendre ses chants.

Il bénit le sépulcre. On jeta l'eau sacrée,
En sanglotant toujours sur l'enfant couché là ;
Puis, enfin, lentement, cette foule atterrée,
Pleine de souvenirs lugubres, s'en alla...

Les hommes cependant, les yeux encore rouges,
Avant de repartir pour leurs divers hameaux,
Entrèrent en passant dans les cafés, ces bouges,...
Histoire de trinquer et de dire deux mots !

On s'attabla. D'abord nul ne fit de folie ;
Ils causaient doucement, tout bas, presque sans bruit.
Mais la bouteille vide étant toujours remplie,
Le vin haussa leur ton avant qu'il fût la nuit.

8.

Plusieurs tinrent bientôt des propos peu sévères ;
D'autres, se rappelant le drame du matin,
Gémissaient en versant des larmes dans leurs verres ;
D'autres enfin jouaient, l'œil ardent ou mutin.

Et quand le soir tomba de la hauteur des nues,
Voici ce que l'on vit : des hommes s'en allant,
Bras dessus, bras dessous, et chantant dans les rues...
La honte, astres du ciel, rougit votre front blanc !...

Ah ! vous ne voulez plus que la bouche des prêtres
Enseigne aux paysans les principes sacrés,
O civilisateurs imbéciles, ô maîtres !
Eh bien ! Messieurs, voilà ce que vous en ferez !

Si vous étiez vainqueurs dans ces trop sombres luttes
Que vous livrez à Dieu depuis déjà longtemps,
O civilisateurs, avant moins de cent ans,
Nos braves paysans seraient des bêtes brutes !...

28 octobre 1884.

LES NIDS

~~~~~~

E N fauchant les grands blés jaunis,
 Les moissonneurs aux bras superbes
Découvrent bien souvent des nids,
Des nids cachés parmi les herbes.

Des œufs sont là, roses et blancs,
Couchés sur la plume ou la laine,
Des œufs ou des petits tremblants,
Rouges encore et nés à peine !

Vous êtes bien insoucieux
Et votre chanson est bien vive ;
Mais comme vous êtes anxieux,
Oiseaux, lorsque la fauche arrive !

Quand les épis sur les sillons
S'abattent, rideaux éphémères,
Frissonnant pour leurs oisillons,
Comme elles crient, les pauvres mères !

Au-dessus de leur cher trésor,
Elles volettent, affolées,
Et poussent, parmi les blés d'or,
Des cris d'âmes inconsolées.

De leurs ailes rasant le sol,
Avec un chant brisé qui vibre,
Elles trainent ainsi leur vol
Jusqu'à ce que leur nid soit libre.

Mais si le rustre triomphant
Prend les œufs frêles et les hume,
S'il emporte pour son enfant
Les malheureux petits sans plume,

Sûre de ne plus jamais voir
Les fruits de son amour féconde,
La mère, alors, n'a plus d'espoir,
Et va gémir au bout du monde !...

SOUVENIR

~~~~~~~~

Aurore!... Hier, j'ai vu devant une chaumière
Un enfant de six ans à l'ombre d'un vieux mur ;
Ses cheveux étaient blonds, blonds comme la lumière,
Et ses yeux étaient bleus, bleus comme un lac d'azur.

Il tournait dans ses doigts une rose trémière
Et chantait d'une voix au timbre chaud et pur
Une chanson naïve aux enfants coutumière :
C'était un humble fils de paysan obscur.

Il chantait, et son père et sa mère, tout proche,
Pendant que dans la tour midi sonnait la cloche,
Écoutaient, tout émus, leur doux et bel enfant !

Lui, chantait comme un merle en son nid sous les branches,
Et l'on voyait briller ses petites dents blanches
Dans sa bouche rosée au rire triomphant !

Pithiviers, 23 novembre 1886.

NUIT D'ORAGE

~~~~~~~~

Qu'est-ce donc ? Qu'est-ce donc ? Des souffles formidables
        Font chanceler les toits !
Les grands bœufs effrayés beuglent dans les étables,
Et les moutons peureux bêlent tous à la fois ! —

Le fermier, éveillé par les bruits de l'orage,
        Léger comme un chevreuil
Que les chiens aboyants suivent sous le feuillage,
Ouvrit la porte et vint se placer sur le seuil.

Affreux zigzag, l'éclair, fendant la nue obscure,
        Lui fit fermer les yeux,
Puis un coup de tonnerre éclata. La nature
Était pleine d'effroi : tout tremblait sous les cieux.

Tout à coup, dans la nuit, lueur vaste et lointaine,
  Un éclair brille encor,
Et dans la plaine immense, où le vent se déchaîne,
Montre les grands blés mûrs, jaunes comme de l'or.

L'homme, pâle, sentit, d'angoisse et de tristesse,
  Ses deux yeux se mouiller
Et, bien qu'il n'allât pas très souvent à la messe,
Il fléchit les genoux et se mit à prier.

✻

— Vous tenez dans vos mains et les vents et la foudre,
  Maître invisible, ô Dieu !
Et si vous le voulez, vous pouvez mettre en poudre
Ces épis qui riaient hier sous le ciel bleu !

Et moi, je puis les voir, quand une aube nouvelle
  Dardera ses rayons,
Brisés, couchés, roulés par la pluie ou la grêle,
Battus comme sur l'aire au milieu des sillons !...

On se souvient de vous en de pareilles heures !
  Quand, terrible, l'éclair
Éclate et fait trembler nos champs et nos demeures,
On croit voir tournoyer votre glaive dans l'air !

O maître tout-puissant de toute destinée,
    Je suis à vos genoux!
N'anéantissez pas les labeurs d'une année!
O Maître, soyez bon! ô Père, épargnez-nous!

Vous m'avez vu souvent, pour vous tout est sans voiles,
    Debout, par tous les temps,
Du chant de l'alouette au lever des étoiles,
Défricher, labourer, semer mes petits champs.

Que de pas! Que d'efforts! Que de sueurs versées,
    En mai, sous le soleil,
En mars, sous le grésil ou les bises glacées,
Pour préparer au sol son fertile réveil!

Faut-il que tout cela, la peine de mes bêtes,
    Le travail de mes bras,
Sous l'orage qui passe au-dessus de nos têtes
Soit perdu sans espoir! Vous ne le voudrez pas!

Mon orge a de beaux grains, mes avoines sont belles;
    Pourtant, si vous voulez,
Si je l'ai mérité, soufflez, tonnez sur elles,
Mais, ô Seigneur du ciel! mes blés! mes blés! mes blés!...

❈

.

L'orage s'envola derrière le nuage,
    La lune reparut,

9

Et les astres joyeux montrèrent leur visage
Sur les blés frémissants encor ; le vent se tut.

Le lendemain dimanche, à cette heure où l'église
       Appelle ses enfants ;
Sans écouter les sons qui passaient dans la brise,
Le paysan, bras nus, front nu, fauchait ses champs.

Paysans, paysans ! Voilà ce que vous faites !
       Cœurs souvent durs et froids,
Vous priez le Seigneur quand soufflent les tempêtes,
Et quand l'orage a fui, vous violez ses lois !

19 juillet 1884.

LES PERDREAUX

L A perdrix avec ses perdreaux
  Quitte son nid sous la javelle :
Parmi ses petits, les plus gros
N'ont pas encor de plume à l'aile.

Ils sautillent, vifs et joyeux,
Dans les blés et dans les avoines ;
Ils s'en vont, libres sous les cieux,
Dans les grands champs, leurs patrimoines.

Ils accourent de toutes parts,
Ils se faufilent sous les gerbes,
Et picorent les grains épars
Perdus parmi les folles herbes.

Car, eux qui n'ont ni feu ni lieu,
Sous le grand soleil qui surplombe,
Ils savent tous que le bon Dieu
Donne aux oiseaux le grain qui tombe.

QUE LEUR RESTERA-T-IL?

PAUVRES, dit Jésus-Christ, c'est vous, c'est vous que j'aime,
Vous qui marchez, broyés, sous le fardeau du jour,
Vous qui vivez sans joie et qui mourriez de même
Si pour vous consoler vous n'aviez mon amour !

Aveugle, dont les yeux ignorent la lumière,
Pour qui les plus beaux jours n'ont ni soir ni matin,
Viens, j'ai d'autres clartés faites pour ta paupière ;
Et puis, l'heure luira de la clarté sans fin.

O toi qui n'entends pas les vains bruits de ce monde,
O sourd, console-toi d'un passager malheur,
Tu peux toujours entendre une voix plus profonde,
Car je ne me tais pas dans le fond de ton cœur.

9.

Consolez-vous, boiteux, jambes mal assurées,
Vous tous qui trébuchez au milieu des chemins ;
Vous volerez un jour aux plaines azurées
Avec des ailes d'or comme les chérubins.

Et vous, porteurs honnis de vêtements en loque,
Mendiants affamés, sans pain et sans séjour,
Et vous, pauvres d'esprit dont le monde se moque,
Consolez-vous aussi, vous aurez votre tour !

Consolez-vous aussi, victimes douloureuses,
Dont les os sont meurtris par un tourment cruel,
Vous bénirez un jour ces souffrances heureuses :
Souffrir est le chemin le plus sûr pour le ciel !

Espoir à vous enfin, âmes inassouvies,
Vous tous qui n'avez pu trouver en ces bas lieux
Les bonheurs entrevus au matin de vos vies
Et qui vous en allez, des larmes dans les yeux !

Aimez-moi ! que l'amour chante en toutes vos fibres.
Aimez-moi, car aimer, c'est le premier des biens ;
Puis, attendez la mort ; la mort vous rendra libres,
Et vous rirez alors de vos malheurs anciens.

Mais les démolisseurs des saintes espérances :
— Au nom de la raison, laissez là vos croyances, —
Crient-ils aux malheureux qui souffrent dans l'exil.

— Pauvres de Jésus-Christ, ô frères misérables,
Méprisez ces clameurs d'hommes inexorables,
Car, si vous les croyez, que vous restera-t-il ?

Saint-Pair, près Granville, 20 août 1884.

AU CHANT DU COQ

L E coq chante. Sous ses blancs voiles,
L'aube apparait à l'orient,
Et, là-haut, les pâles étoiles
Dérobent leur beau front riant.

« Aux champs ! Alerte ! Qu'on se lève ! »
Tous les moissonneurs rassemblés,
Sans finir leur nuit ni leur rêve,
Partent aux champs faucher les blés.

La lumière encore incertaine
Ne laisse voir qu'objets confus.
On marche; mais l'on voit à peine
Le lacet des sentiers battus.

Sous l'herbe humide de rosée,
Que le vent muet fait frémir,
La terre fraîche et reposée
Comme une enfant semble dormir.

L'air est chargé de vifs arômes
Comme en un jardin enchanté.
Écoutez ! au-dessus des chaumes,
Les alouettes ont chanté !

C'est un jour nouveau qui commence :
La cloche a frémi dans la tour.
Écoutez ! la nature immense
Tressaille et s'éveille à son tour,

Mais voici le soleil. Splendide,
Il montre, rustique décor,
Ardents à leur tâche intrépide,
Les paysans dans les blés d'or.

ONZE HEURES

L E soleil monte : il est onze heures.
　　Depuis l'aube, les paysans
Ont fui l'ombre de leurs demeures
Et fauché sous les cieux cuisants.

La chaleur, qui mord leur visage,
Fait au loin craquer le blé mûr.
Là-bas, le clocher du village
Se dresse dans le clair azur.

Les moissonneurs laissent la gerbe
Que leurs mains viennent de lier.
L'homme cache sa faux sous l'herbe,
La femme ceint son tablier.

On s'appelle : « Allons ! à la soupe ! »
Et les cris répondent aux cris.
On part. On va, groupe par groupe,
Par les petits sentiers fleuris.

Comme des aigles sur les crêtes
Des grands monts hantés des grands vents,
On aperçoit courir des têtes
Au-dessus des épis mouvants !

Et les plaines restent désertes
Et l'on n'entend plus rien aux champs
Que le cri des cigales vertes
Qui redoublent leurs aigres chants.

FLEURS AGRESTES

Comme au visage humain Dieu donna le sourire,
Comme au flambeau du jour Dieu donna les rayons
Et les astres aux nuits, qu'ébloui, l'œil admire,
        Dieu donna les fleurs aux sillons !

Humbles petites fleurs aux nuances discrètes,
Sous les souffles légers modestes fronts penchants,
Coquelicots, bluets, silènes, pâquerettes
        Étoilent l'or joyeux des champs !

Et sous l'eau des sueurs qui ruisselle et le couvre,
Accablé par le feu des longs soleils d'été,
Le laboureur, voyant une fleur qui s'entr'ouvre,
        Est rafraîchi par sa beauté !

                    8 octobre 1886.

QUATRE HEURES

~~~~~~~~

ET toujours des fronts au teint mâle
Enveloppés de chauds rayons,
Sous l'aiguillon piquant du hâle,
La sueur coule en longs sillons.

Chacun marche avec plus de peine ;
On soupire, on traîne le pied :
C'est l'heure de reprendre haleine !
Halte ! On s'arrête et l'on s'assied.

Aux grands travaux le corps s'épuise,
Car la moisson n'est pas un jeu ;
La soif brûle, la faim s'aiguise :
Il faut donc se refaire un peu !

L'un s'étend de son long sur l'herbe,
L'autre s'accoude sur le sol
Et s'abrite sous une gerbe,
Comme à l'ombre d'un parasol.

Du pain bis, des fruits, du fromage,
Un coup de vin mélangé d'eau :
L'on a repris force et courage
Et l'on retourne à son fardeau !

« Alerte, amis ! Qu'on se dépêche ! »
En effet, le soleil descend,
Rapide, et, d'une aile plus fraîche,
L'air ému vous frôle en passant !

13 octobre 1886.

LE SOIR

~~~~~~~~

Heure paisible, fraîches brises,
  Molles ombres, pâle clarté,
Champs noyés sous les vapeurs grises,
Tableaux charmants des soirs d'été !...

Descendu des hauteurs sereines,
Le soleil, las de son essor,
S'est couché dans les vastes plaines
Sur un large lit d'épis d'or.

Un parfum vague au loin s'exhale .
L'univers fatigué s'endort,
Et l'on n'entend que la cigale
Que la nuit fait chanter plus fort.

Dans les sentiers, dont l'herbe frôle
Leurs jarrets lents à se ployer,
Les faucheurs, la faux sur l'épaule,
S'en retournent à leur foyer.

Bientôt, sous les grands cieux sans voiles,
Tout s'éteint et meurt peu à peu,
Excepté les vives étoiles,
Ces veilleuses à l'œil de feu !

RETOUR

Q UAND il a, de l'aurore au soir,
    Travaillé dans l'immense plaine,
Dès que du jour fraîchit l'haleine,
Dans sa chaumine d'enfants pleine,
Le laboureur revient s'asseoir.

Il voit alors leurs têtes rondes
Fixer sur ses yeux leurs beaux yeux,
Et son front, las et soucieux,
Se redresse, calme et joyeux,
Comme un épi des moissons blondes !

Il sourit à leur bruyant chœur :
Son ennui dans leurs jeux se noie,
Et son corps fatigué qui ploie
Se retrempe dans cette joie,
Dont le torrent coule en son cœur !

2 mars 1887.

LA PRIÈRE DU MOISSONNEUR

S I ma prière est un peu brève,
O Dieu, tu me pardonneras :
Quand un jour de travail s'achève,
Les pauvres moissonneurs sont las !

Merci de m'avoir laissé vivre
Encore un jour sous le ciel bleu,
Dans ces champs dont l'air vous enivre,
Et pleins de ta présence, ô Dieu !

Si, comme un mercenaire lâche,
Durant ce jour si tôt fini,
J'ai maudit quelquefois ma tâche,
Juré ton nom partout béni,

Oublie, ô mon Dieu, mon blasphème,
Car mon cœur déborde de foi,
Et tu sais bien qu'au fond je t'aime
Et que je n'espère qu'en toi.

Ta main m'a protégé sans trêves
Depuis que le soleil reluit ;
Seigneur, garde-moi dans mes rêves,
Veille encor sur moi cette nuit ;

Et fais qu'à l'aurore nouvelle,
Quand il rayonnera partout,
Le jour en ouvrant sa prunelle
Me retrouve encore debout !...

1887.

CANTIQUE

~~~~~~~~

Q UOI QU'EN dise l'impie en son âme superbe,
  Tout terrestre bienfait, ô Dieu, sort de ta main;
Tu fais germer le blé, tu fais mûrir la gerbe
  Et tu nourris le genre humain !

C'est toi qui fais tomber, au temps où l'on emblave,
L'eau dont l'épanchement féconde les sillons,
Et qui, dès le printemps, dis au soleil esclave
  D'épancher à flots ses rayons !

C'est toi qui fis pour nous l'humble bête de somme,
Aide obscur dont l'effort retourne le sol dur,
Et qui donnes enfin la force au bras de l'homme
  Quand le blé des plaines est mûr !

Que l'incrédule, ingrat, te nie et te blasphème,
Moi, je courbe le front, je fléchis les genoux,
Et, le cœur plein d'émoi, je t'adore et je t'aime,
O Tout-Puissant, si bon pour nous !

1er janvier 1888.

LIVRE III

LIVRE III

NUITS BEAUCERONNES

Quand les astres du ciel allument tous ensemble
  Leurs tremblants et pâles flambeaux,
Le silence des nuits beauceronnes ressemble
  Au grand silence des tombeaux.

Si l'oreille, parfois, perçoit dans l'ombre immense
  Quelque sourd bruit, ce bruit est tel
Qu'il semble rendre encor l'universel silence
  Plus profond et plus solennel.

C'est le soupir d'un brin d'herbe qu'un frêle insecte
  Ronge de coups de dent sournois ;
C'est le soupir des fleurs que la rosée humecte
  Et qui se plaignent de son poids !

C'est d'un hibou rôdeur la voix aiguë et brève,
  C'est le cri fugitif et lent
D'une perdrix qui veille ou d'un grillon qui rêve
  Sur le sillon encor brûlant ;

Ou bien l'écho d'un char attardé dans la plaine,
  Ou bien le murmure du vent,
Ou bien l'aboiment long de quelque chien en peine,
  Quand la lune monte au Levant.

Et puis, plus rien... Alors, dans le calme sans bornes,
  Que pas un souffle ne distrait,
Comme un mort au tombeau, dans les ténèbres mornes
  Toute la terre disparaît.

Mais si l'ombre infinie en couvre la surface
  De son flot noir et graduel,
Pendant qu'en bas tout meurt, tout s'éteint, tout s'efface,
  Oh ! levez les yeux vers le ciel.

Du Levant qui rayonne au Couchant qui flamboie,
  En haut, vers le Zénith serein,
Le ciel, d'un azur sombre, avec splendeur déploie
  Son incommensurable écrin.

Les astres, clairs et vifs comme un or sans mélanges,
  Percent l'air obscur qui reluit,
Et l'on est attiré comme par des yeux d'anges,
  Par ces yeux lointains de la nuit.

Et si l'on ne sentait, sous ces clartés sans voiles,
    Ses pieds encor fixés au sol,
On se croirait porté vers l'essaim des étoiles
    Comme l'oiseau l'est par son vol.

O nuits ! combien de fois, aux jours de ma jeunesse,
    Sous votre coupole de feu,
Mon âme, en attendant que l'aurore renaisse,
    Crut ainsi s'approcher de Dieu !

              Mai 1887.

LES FUNÉRAILLES D'UN PAPILLON

Au temps des floraisons nouvelles
(Tous les temps sont bons au malheur !),
Un papillon aux fraîches ailes
Mourut dans le sein d'une fleur.

Le petit peuple qui s'agite
Sur la terre d'où le blé sort,
Les deuils se répandant très vite,
Connut bientôt son triste sort.

Et ce fut un chagrin immense
Chez les grillons et les bluets :
Les champs où germait la semence
Restèrent quelque temps muets.

Les perdrix, enfin, et les cailles
S'en allèrent porter au loin
L'heure et le jour des funérailles
A travers luzerne et sainfoin.

Le jour vint. Lors, les campanules,
Au souffle embaumé des lilas,
Avec l'aide des renoncules,
A l'envi sonnèrent le glas.

Un tissu de fil de la Vierge
Servit de blanc et pur linceul.
La marguerite fut le cierge,
Et la rose fut le cercueil.

Et l'haleine des jeunes brises
Jeta tout autour son encens,
Ainsi que font dans les églises
Les blonds encensoirs caressants.

Voilés de brumes printanières,
Tous fidèles au rendez-vous,
Les ponceaux dressaient leurs bannières
Aux tons éclatants et si doux.

Les alouettes, dans la nue,
Entonnèrent de plaintifs chants
D'une voix grave et contenue ;
Et l'on partit à travers champs.

11.

Des larmes, perles de rosée,
Coulaient du sévère jasmin ;
La terre en était arrosée
Partout, sur le triste chemin.

Et lorsque passait le cortège
Sous quelque haut pommier fleuri,
Le pommier secouait sa neige
Sur le long cortège attendri.

Enfin, dans un lieu solitaire,
Tout ensemble paisible et beau,
Les fourmis creusèrent sous terre
La fosse d'un étroit tombeau.

Près de cette tombe entr'ouverte,
Rendant ses gais accents plus sourds,
Une vieille cigale verte
Fit un touchant petit discours.

Puis, après ces bonnes paroles,
On laissa là le papillon,
Et toutes, fleurs et bestioles,
Retournèrent sur leur sillon.

Une heure après, la vaste plaine,
Belle et riante sous les cieux,
Oubliait son deuil et sa peine
Et reprenait ses airs joyeux.

Retour bien explicable, en somme !
N'est-ce pas là l'ordre établi ?
La nature est semblable à l'homme :
Prompte aux larmes, prompte à l'oubli !

12 janvier 1889.

BRISE

Un souffle calme et pur, léger comme une haleine,
  Se lève, et fait frémir ses ailes sur la plaine.
On dirait le soupir d'un enfant endormi
Ou le baiser furtif d'un invisible ami.
Les herbes des guérets, sous le vent qui les baise,
Dressant leur gentil front, semblent frissonner d'aise,
Et les oiseaux des champs, petit peuple ravi,
S'élancent dans le ciel en chantant à l'envi...

Auxy, 29 septembre 1886.

AUTOMNE

OH ! que ton souffle est doux, ô mère universelle,
  Par ces beaux jours d'automne où ta robe ruisselle
De perles de rosée et de rayons vermeils !
Oh ! quels profonds attraits ont tes derniers soleils !
Avant de dépouiller ta mourante parure,
Tu te fais belle encore, ô divine nature,
Comme pour nous laisser, lorsque tu disparais,
Mêlés au souvenir, de plus amers regrets !
Telle, près d'expirer, parfois la jeune fille
Met un plus vif amour dans son regard qui brille,
Et sur sa lèvre pâle, où vient gémir la toux,
Dans un charme plus triste un sourire plus doux !

11 novembre 1888.

LA MOISSON EST FAITE

L ES guérets sont à nu. Les blés aux fétus d'or,
L'orge aux cils ondoyants, l'avoine aux longues franges,
Tout, depuis quelques jours, est rentré dans les granges ;
Seule, la fleur d'argent des blés-noirs reste encor.

Peut-être aperçoit-on, dans les campagnes vides,
Portant de hauts bouquets sur leur faîte penchants,
Quelques chars paresseux qui reviennent des champs,
Si chargés qu'on dirait de vastes pyramides ;

Mais ce sont les derniers. Les glaneuses s'en vont,
En chœur, par les sentiers bordés de folles herbes,
Ramasser, çà et là, l'épi tombé des gerbes :
On les voit se baisser, puis relever le front.

Et la paix, large, étend ses ailes dans l'air pur
Troublé par le seul bruit des actives batteuses,
Cependant que l'œil voit sur les fermes heureuses
Des vols de pigeons blancs s'égrener dans l'azur.

1885.

MOISSON D'AMES

Jésus aimait des champs les vastes solitudes.
Avec le groupe obscur de ses bateliers rudes,
Disciples près de lui par l'amour rassemblés,
Il s'en allait souvent errer parmi les blés.
Cheminant dans l'or blond des moissons déjà prêtes,
Il redisait aux siens ses angoisses secrètes,
Car son œil, dans ces champs pleins de maturité,
Voyait le genre humain mûr pour la vérité !
— Amis, répétait-il alors, la plaine est grande,
Mais où trouver les bras que la moisson demande ? —
Et ses yeux, où semblait rayonner tout l'azur,
Se voilaient de beaux pleurs qui coulaient à flot pur !
Souci mystérieux, ô souffrances divines !
Mais quand il eut courbé son doux front ceint d'épines,

Sur cette croix de bois qu'on adorait déjà,
Prêt à mourir, il dit : J'ai soif ! et tout changea.
Comme à l'août dévorant, sous les cieux sans haleines,
On voit les moissonneurs se hâter dans nos plaines
Pendant que les grands chars font crier leur essieu,
On vit partout surgir les ouvriers de Dieu !
Pareils à nos faucheurs que la sueur inonde,
Ils coururent le champ démesuré du monde.
Apôtres et martyrs, glorieux obstinés,
Ils s'en allaient devant les Païens étonnés ;
Ils fauchèrent l'erreur et les vices infâmes,
Et les granges du ciel, enfin, s'emplirent d'âmes !...

15 octobre 1888.

LE MORS AUX DENTS

C'EST un grand cheval blanc et noir.
  L'homme, debout dans la charrette,
Pâle, lui crie en vain : « Arrète ! »
Il bondit et fait peur à voir.

Il court en blanchissant d'écume
Le chemin qu'effleurent ses pas ;
Que dis-je ? il vole, il ne court pas ;
Sa robe, humide et chaude, fume.

Le vieillard qui le sent venir,
Vif comme s'il avait des ailes,
Hâte ses vieilles jambes grèles
Et tremble en l'entendant hennir.

D'enfants une troupe hagarde
Pousse au loin mille cris divers,
Et, les yeux largement ouverts,
Cesse ses jeux et le regarde.

Un paysan veut arrêter
La bête affolée et farouche ;
Il saisit le mors dans sa bouche,
Mais il tente en vain de lutter.

Le cheval l'entraîne et l'emporte,
Comme l'ouragan furieux
Qui se déchaîne sous les cieux
Fait, l'hiver, de la feuille morte.

Au détour du chemin, bientôt
Tout disparaît dans un nuage :
Plus rien... sinon, loin du village,
Le bruit d'un infernal galop.

4 janvier 1886.

NOVEMBRE

A la place où les blés, au vol des brises pures,
    Se doraient, frissonnants comme des chevelures,
Parsemés de bluets et remplis de murmures,

La faux ayant passé, rien ne reste aujourd'hui,
Et l'horizon s'étend devant l'œil plein d'ennui
Grand comme le désert et morne comme lui !

Plus de cris de grillons, plus de chants d'alouettes ;
Au loin, les laboureurs, tranquilles silhouettes,
Et vont, et viennent, lents, dans les plaines muettes !...

1885.

LES PIGEONS

QUAND les blés sont fauchés,
  Les pigeons sont en fête ;
Colombiers et clochers
Les voient quitter leur faîte.
Les pigeons sont en fête
Quand les blés sont fauchés !

Les champs sont leurs royaumes
Quand les blés sont fauchés !
Ils volent, alléchés,
Picorer dans les chaumes.
Quand les blés sont fauchés,
Les champs sont leurs royaumes !

Quand les blés sont fauchés,
Ils partent dès l'aurore,

12.

Et les soleils couchés
Les retiennent encore.
Ils partent dès l'aurore
Quand les blés sont fauchés !

Adieu, jours de tendresses,
Quand les blés sont fauchés !
Adieu, doux nids cachés,
Toujours chauds de caresses !
Quand les blés sont fauchés,
Adieu, jours de tendresses !

Quand les blés sont fauchés,
C'est que les froids arrivent !
Lors, jour et nuit juchés,
Tous les oiseaux se privent !
C'est que les froids arrivent
Quand les blés sont fauchés !

Volez donc par les plaines
Quand les blés sont fauchés,
Parmi les champs jonchés
D'épis murs et de graines.
Quand les blés sont fauchés,
Pigeons, à vous, les plaines !

1885.

LA FERME

L A ferme est toute seule au milieu des champs verts.
  Quelques ormes tordus ombragent son vieux chaume
Et les lilas fleuris, dont la fraîcheur embaume,
Encadrent ses murs blancs, de vignes recouverts.

Elle apparaît, riante, avec ses larges portes,
Dans le désert fécond des ondoyants guérets;
Tel dans la grande mer un îlot calme et frais,
Ou tel un camp joyeux au sein des steppes mortes.

1887.

LA BATTEUSE

L'AUBE, de son berceau de roses empourprées,
  Ouvre ses beaux regards humides et tremblants
Et jette à pleines mains ses paillettes dorées
Dans le ciel pur semé de légers flocons blancs.
A peine réveillés, les charretiers superbes
Mènent à l'abreuvoir leurs chevaux de labour ;
Et là-bas la batteuse, en attendant les gerbes,
Montre ses dents de fer dans un coin de la cour.
— Allons ! dit le fermier, qui, déjà, voit en rêve
Le grain d'or de son blé se changer en argent ;
A l'ouvrage ! Voici que le soleil se lève.
On aura du bon vin si l'on est diligent ! —

Monstre noir, vomissant à longs flots la fumée,
La puissante machine est à l'œuvre déjà ;
Elle jette dans l'air sa vapeur enflammée
Et siffle : en un instant toute la ferme est là.
On monte sur le tas des gerbes qui surplombent.
Chacun est à son poste ; autre coup de sifflet :
Tout branle, tout bruit ; les lourdes gerbes tombent,
Passent de mains en mains comme un léger palet,
Et vont en s'engouffrant dans la batteuse avide.
L'on va, l'on vient, l'on court, l'on danse comme au bal.
— Courage ! Allons ! ce soir, la grange sera vide !
— Attrape ! — Gare ! — à toi ! — C'est un bruit infernal !
Couvrant les travailleurs acharnés à l'ouvrage,
Une poussière blonde au doux reflet vermeil
S'échappe en tourbillon et s'élève en nuage
Dans le ciel radieux où sourit le soleil.
De temps en temps, on voit venir la ménagère,
Sa cruche sous le bras, accorte et souriant :
Tous boivent à la ronde, et, l'âme plus légère,
Reviennent à l'effort de leur labeur vaillant.
Cependant, sans tarir, des flancs de la batteuse
Le grain pur et luisant ruisselle à larges flots,
Et le grenier s'emplit de sacs lourds, charge heureuse
Que les forts paysans apportent sur leur dos.
La nuit tombe déjà sur les plaines désertes :
C'est l'heure du repos et l'on entend toujours
Au-dessus de la ferme, aux fenêtres ouvertes,
Les cris tumultueux et les ronflements sourds.

A la fin, tout se tait entre les portes closes
Et rien ne monte plus au loin sous le ciel pur
Que l'aboiement des chiens inquiets ou moroses
Qui hurlent à la lune en marche dans l'azur!

1885.

LA CROIX

~~~~~~~~

I

HIER, par un ciel sans nuage,
Tel qu'octobre en voit rarement,
Plaines, clocher, jardins, village,
J'ai revu mon pays charmant.

Les grillons chantaient dans les chaumes,
Où les pigeons mêlaient leur vol ;
De subtils et vagues arômes,
Derniers parfums, montaient du sol.

C'était partout la joie immense,
Terre et cieux brillaient, éclatants ;
Aux champs, l'automne qui commence
Est beau comme un second printemps.

Et je m'en allais par la plaine
Presque heureux d'un bonheur total,
Et respirant à gorge pleine
Les souffles purs de l'air natal.

Rien n'avait changé : la campagne
Avait cet aspect radieux
Dont le charme imposant vous gagne
Et reste à jamais dans les yeux.

Uniformité grandiose !...
Sous les splendeurs de la saison,
Il me sembla que quelque chose,
Pourtant, manquait à l'horizon.

II

Grand souvenir, sainte défense,
La croix moussue aux bras penchants
Régnait, aux jours de mon enfance,
Partout, sur la verdeur des champs.

Nos aïeux à la foi profonde
Avaient voulu, la plantant là,
Humecter la glèbe féconde
Du sang divin du Golgotha.

Les femmes et les jeunes filles,
Les hommes même, à chaque fois,
Tous, inclinaient faux et faucilles
. Quand ils passaient devant ce bois.

Et nous, les enfants, troupe folle
Qu'emportaient des bonds orageux,
Devant le grave et doux symbole
Nous arrêtions nos bruyants jeux.

Et sur les frais gazons humides,
A genoux, sans respects humains,
Nous inclinions nos fronts candides
Et joignions nos petites mains.

III

Hélas! Dans les plaines en fête,
Où sonnait la voix du criquet,
La lumière en moi s'était faite :
C'était une croix qui manquait !

Il n'en restait plus nulle trace ;
Et sur le sol ensemencé,
Le sainfoin poussait à sa place ;
Tel l'oubli dans le cœur glacé.

On avait passé la charrue
Et la herse aux terribles clous
Où, moi, j'avais, la tête nue,
Prié jadis à deux genoux.

IV

O croix du Christ, divin emblème
Si cher au cœur de nos aïeux,
Qui faisais dresser leur front blème
Sous l'ardente chaleur des cieux,

O fille auguste du Calvaire,
Mémorial du sang versé,
Souvenir paisible et sévère
Au genre humain par Dieu laissé,

Signe sacré d'une espérance
Si précieuse aux malheureux,
Toi qui raffraîchis leur souffrance
En étendant tes bras sur eux,

O croix, c'est donc vrai, ceux-là même
Qui te devraient le plus d'amour,
En ce vil siècle de blasphème,
Ingrats, t'ont trahie à leur tour !

Aux vents, la plaine nourricière
Livre tes membres vermoulus,
Et quand tu tombes en poussière
La foi ne te relève plus !...

V

Et je m'en allais, plein d'alarmes,
Le cœur blessé profondément,
En prévoyant combien de larmes
Coûterait cet effondrement.

Car, en Beauce, la vie est dure
Et c'est bien triste, en vérité,
Quand, dans les maux que l'on endure,
Rien ne parle d'éternité !...

Orléans, 7 octobre 1888.

LE RÊVE D'UN PAUVRE

Si je suis riche un jour, je veux qu'au bourg champêtre
     Où, calme, j'attendrai la mort,
Aucun homme ne puisse, en voyant mon bien-être,
     Se plaindre de son mauvais sort !

Je serai plus humain que ces riches sans âme,
     Encore plus Juifs que Chrétiens,
Qui, mollement assis dans leur richesse infâme,
     Jouissent tout seuls de leurs biens !

Je livrerai mon or, comme la rose livre
     A tout vent du ciel son parfum ;
Je ne garderai rien que ce qu'il faut pour vivre,
     Pour vivre sans mourir de faim !

Et quand je passerai près des maisons paisibles,
    Tous les pauvres me salueront,
Et je verrai la joie et le bonheur, visibles,
    Écrits par moi sur chaque front !

20 février 1886.

LE CALVAIRE D'ANDEGLOU

A M. l'abbé P. D., curé de Chevilly

L À-BAS, cette croix qui se dresse,
Non loin d'une ferme en détresse,
Domaine croulant du hibou,
C'est le Calvaire d'Andeglou.

Autrefois, une antique église
Élevait là sa masse grise ;
Un grand village était autour :
Rien n'en reste, ni toit ni tour.

Mais allez, et creusez la terre
De ce vieux tertre solitaire
Qui montre, au loin, à l'horizon
Son dos voûté de vert gazon.

Coupez l'herbe, écartez la pierre :
Vous trouverez de la poussière
Au fond de longs cercueils étroits :
Ce sont les hommes d'autrefois.

Je ne sais quel vent de colère
A, comme une paille sur l'aire,
Pris les vivants, et laissé seuls
Les pauvres morts dans leurs linceuls !

Heureux en des lieux plus prospères,
Les fils ont oublié leurs pères ;
Car l'oubli, sous nos cieux troublés,
Germe plus vite que les blés...

Pourtant, ô croyants d'un autre âge,
Vous, dont la foi fut le courage,
Et qui portiez avec amour,
Les yeux au ciel, le poids du jour,

Bien qu'aucun souvenir ne tombe
Sur la terre de votre tombe,
Morts inconnus, dormez en paix
Sous les fleurs des gazons épais !

Si rien ici-bas ne vous reste,
La croix est là, signe céleste,
Qui, tendant ses grands bras cléments,
Garde toujours vos ossements ;

Et parfois, un chrétien s'arrête,
Du tertre vert gravit la crête,
Las, plie un instant les genoux,
Et rêve, et prie, et pense à vous [1]!...

Chevilly, septembre 1884.

1. Andeglou était autrefois le centre du bourg qui s'appelle aujourd'hui Chevilly.

Là était l'église, et, autour de l'église, comme en ce temps-là, le cimetière.

Peu à peu la vie se retira du village primitif au profit d'un hameau situé sur la grande route, dont le mouvement des voitures publiques et du transit journalier accrût insensiblement l'importance. Ce hameau s'appelait Langennerie. Le vieux nom est remplacé depuis un siècle par celui de Chevilly, emprunté au château voisin.

Il ne reste aujourd'hui d'Andeglou que quelques maisons, parsemées autour d'un tertre de verdure, enceinte de l'ancien cimetière, où de vieilles tombes apparaissent debout ou couchées, éparses dans l'herbe.

Tout près s'élevaient encore, il y a quelques années, d'immenses pans de murs noircis par les flammes, restes désolés d'une grande ferme à laquelle les Prussiens mirent le feu pour brûler, suivant leur usage, les cadavres de leurs morts.

En 1883, lors d'une mission mémorable prêchée par les RR. PP. Rédemptoristes, un calvaire fut élevé dans cette mélancolique solitude.

La vue de la grande croix, se dressant au milieu de ces tombes et de ces ruines, dans un paysage qui m'est resté cher, a inspiré les vers qu'on vient de lire.

LE MORT QUI BOIT [1]

~~~~~~~~~

I

UN chatretier, un vieux qui touchait à son terme,
  Un jour, tomba malade et mourut dans la ferme.
Il mourut comme un bœuf qu'on assomme d'un coup.
C'était un médaillé revenu de Moscou,
Qui, voyant les combats où le soldat se rue
Finis, avait remis la main à la charrue :
Un très brave homme. Enfin, c'était son tour. La Mort
Compta sur ses dix doigts, et, prise de remord,
Avec ce mot barbare : « Il est temps qu'il s'en aille ! »
Le tua roide, comme en un jour de bataille.

1. C'est une vieille Beauceronne octogénaire qui m'a conté cette histoire, et avec quelle vivacité à la fois naïve et maligne !... Mes vers l'ont bien peut-être un peu gâtée ; en tout cas, c'est du cru.

II

Ce fut la mère Jean qui vint l'ensevelir.
Elle prit un grand drap, trop usé pour servir,
Troué, dépenaillé, bon pour un domestique ;
Après s'être, suivant sa pieuse pratique,
Signée au moins trois fois dans la peur d'accidents,
Elle saisit le mort et le roula dedans.
Elle cousut le tout de ses mains intrépides,
Avec vingt ou vingt-cinq épingles bien solides,
Mit l'homme sur le dos, comme il faut, s'assura
Que l'œuvre était bien faite et puis se retira.

III

« Voyons ! ça n'est pas ça ! » dit-elle à la cuisine
Aux quatre charretiers dilatant leur poitrine,
Devant la table chaude où la soupe fumait.
« Blain n'était pas de fer, ainsi qu'il l'affirmait :
Il est mort ; il faut donc, cette nuit, qu'on le veille ! »
Les charretiers mangeaient et n'avaient pas d'oreille.
La mère Jean vit bien qu'elle parlait en vain :
« C'est simple. Vous aurez des cartes et du vin,
Reprit-elle, câline, et, sans peine trop rude,
Vous veillerez le mort, puisque c'est l'habitude. »

IV

Chacun des charretiers monta dans le taudis
Où le vieillard gisait, les os déjà roidis,
Le visage creusé par les rides de l'âge
Et blême à faire peur au plus fort du village.
Le vin blanc rutilait dans les flacons remplis ;
Tous tremblaient bien un peu, les traits un peu pâlis.
Mais, bah ! pour se remettre on but une potée :
Bientôt, assis autour de la table apprêtée,
Les compères riaient en écartant leurs jeux
Auprès du mort déjà froid et cadavéreux !

V

— Jacques, prends garde à toi ! — Thomas, remplis ma coupe !
— Pique ! — Trèfle ! — Carreau ! — Cœur ! Atout ! Je le coupe ! —
Et la nuit s'avançait, nuit lugubre d'hiver,
Noire, sous le brouillard, comme un gouffre d'enfer.
Le vent soufflait au loin avec de sourdes plaintes.
Allumés par le vin et leur jeu sans contraintes,
Criant, gesticulant, querelleurs, triomphants,
Avec des libertés et des rires d'enfants,
Les joueurs poursuivaient leur piquet frénétique
Sans plus penser au mort que s'il fût au Mexique !

VI

« Ha ! ha ! » Ce cri perçant partit soudain du lit.
Ce ne fut qu'un éclair ; chaque joueur pâlit,
Et, mû par un ressort, sans même qu'il le veuille,
Se retrouva debout, tremblant comme la feuille.
Tous quatre, reculant afin d'être plus loin,
Fixèrent leurs regards affolés dans le coin
D'où venait de jaillir cette clameur terrible.
« Ha ! ha ! ha ! » Cette fois la peur, irrésistible,
Les figea sur le sol : ils restèrent cloués,
Comme un arbre au grand vent, par l'effroi secoués.

VII

« Ah !... » La chambre en frémit. Pour le coup, ils s'élancent
Tous quatre vers la porte, ils s'y ruent, s'y devancent,
Leurs cheveux hérissés se dressent sur le front.
Dans les mouvements fous et les efforts qu'ils font,
Ils renversent la table, ils jettent bas la lampe,
Les verres, les flacons, les chaises. On décampe
Comme si l'incendie eût pris dans la maison.
Ils se heurtent dans l'ombre, ils perdent la raison,
Ils courent au hasard, vont, reviennent, tournoient,
Font un vacarme affreux ; les chiens de garde aboient.

VIII

« Eh bien ! qu'avez-vous donc, clame la mère Jean,
A faire dans la nuit tout ce bruit d'ouragan ?
— Ouvrez ! — Mais qu'est-ce enfin ? — Ouvrez, ouvrez, vous dis-je !
— Non ! Dites-moi d'abord ce que c'est. — Un prodige :
Notre mort, enfermé dans son linceul étroit,
Pousse des cris aigus qui font trembler le toit ! »
La maîtresse, croyant à quelque baliverne,
Se lève cependant, allume sa lanterne
Et dit : « Allons ! Venez tous quatre ; suivez-moi,
Vous êtes des poltrons qu'un rien met en émoi. »

IX

Quand on fut à la porte, on écouta : la bise
De son souffle agitait l'ombre dans la nuit grise :
Rien. On demeura là cinq minutes. Nul bruit,
Que le vent, ne troublait le calme de la nuit.
« Allons ! Jacques, entrez ! » dit tout bas la fermière.
« Pas moi ! — Pas moi ! Pas moi ! — Vous, entrez la première ! »
Et la crainte mordait le cœur du plus luron.
On languit de la sorte un quart-d'heure environ ;
Enfin, la mère Jean : « Lâches ! » dit-elle, et, forte,
Sa lanterne à la main, poussa l'huis de la porte.

14

X

« Entrez, » dit une voix profonde comme un glas
Et qui semblait sortir, tant elle parlait bas,
Des sourdes régions que l'Ombre immense habite.
La porte s'ouvrit ; tous, dans la mansarde, vite
Plongèrent leurs regards malgré leur tremblement.
La lanterne éclairait le froid appartement :
Tout était relevé, le grand lit était vide,
Et seul devant la table, assis, le front livide,
Avec l'air d'un vivant et non d'un trépassé,
Le mort buvait un coup dans un verre cassé !

XI

Le père Blain buvait. Une invisible flamme,
Dans son corps refroidi, s'éveillait soudain, l'âme !
Et quoiqu'elle ait pour lui bien affilé sa faux,
La Mort l'avait frappé, comme toujours, à faux !
C'est que le dur travail des janviers aux décembres,
C'est que ses vieux assauts avaient trempé ses membres
Comme un fer de charrue ou d'arme de combat.
C'est que, ces paysans, la Mort qui les abat,

Avant de les coucher sous sa poussière grise,
Doit se ruer contre eux à plus d'une reprise !...

Buvez, ô père Blain ! Vous reverrez encor
Rire au-dessus des blés les joyeux soleils d'or !...

3 janvier 1886.

TIVERNON

A M. L'ABBÉ H.

....

Reine sous le sommet du plateau de la Beauce,
Une statue est là dont le beau front se hausse
    Sous les clartés du ciel,
Ta divine statue, ô Christ impérissable,
Cœur sacré, foyer pur et source intarissable
    De l'amour immortel !

Comme un homme, debout sur une alpestre cime,
Qui regarde, ébloui, l'immensité sublime
    Et qui, rêveur, sourit,
Tu contemples de là cette plaine féconde
Que ton vent fait frémir, que ta rosée inonde,
    Que ton soleil mûrit !

Autour de toi, les mois dansent leur ronde alerte
Tantôt sur le sol nu, tantôt sur l'herbe verte
    Qui jaunit peu à peu,

Pendant que les grillons et les oiseaux rustiques
Emplissent l'air ému de leurs bruyants cantiques
      Sous les soleils de feu !

Et les douces senteurs, et les profonds aromes
  Qui montent des sainfoins, des blés verts et des chaumes
      Le matin et le soir,
S'élèvent jusqu'à toi sur l'aile de la brise,
Parfums plus pénétrants que celui de l'église
      Où fume l'encensoir !

Et le grand flot de vie aux murmures sans nombre
Qui roule sur les champs étalés à ton ombre
      Monte à son tour vers toi,
Et, comme la clameur d'une innombrable foule,
Tous les bruits des sillons que ton fier socle foule
      Crient aux vents : Il est roi !...

O mon Dieu ! je m'incline au pied de ton image.
A toi la gloire, à toi l'amour, à toi l'hommage
      De tout ce grand pays !
Que sa voix à jamais te bénisse et t'acclame,
Et puisses-tu régner encor plus sur son âme
      Que sur ses blonds épis !...

              18 janvier 1889.

LA FILLE DU GÉANT

Imité de Rückert

~~~~~~~~~

L A fille d'un géant, onze ou douze ans à peine,
    Du manoir paternel, juché près du ciel bleu,
Mourant d'ennui là-haut, descendit dans la plaine
        Pour voir et se distraire un peu.

Des bœufs au pied du mont traînaient une charrue
Que guidait d'un bras fort un paysan joyeux.
« Oh ! quels gentils joujoux ! » dit l'enfant accourue,
        Ouvrant, surprise, ses grands yeux.

Et les bœufs, la charrue, et le rustre lui-même,
La géante mit tout dans son blanc tablier,
Et reprit en courant, de bonheur toute blême,
        Le chemin du burg familier.

La voyant revenir, son père, un vieillard sage :
« Qu'as-tu fait, lui dit-il, et qu'est-ce que cela ?
— J'ai, répondit l'enfant en montrant l'attelage,
    Trouvé là-bas ce jouet-là ! »

Le père regarda ; son œil devint austère :
« Ne fais plus, reprit-il, de telles actions,
Redescends la montagne et va : rends à la terre
    Ceux qui font verdir les sillons !

« Lorsque rustre, charrue et bœufs dans la vallée
Ne font plus leur labour fécondant et sans fin,
La race des géants sur sa cime isolée
    Gémit, et bientôt meurt de faim !... »

Envoi.

Paysan, paysan, cette fable veut dire
Que si riche et si fort que l'on soit, fût-on roi,
Eût-on, prince géant, le monde pour empire,
    Pour vivre, on a besoin de toi !...

Orléans, 17 mai 1887.

IL EST UNE APRE MOISSONNEUSE

IL est une âpre moissonneuse
Dont le bras fort n'est jamais las,
Et qui, toujours vive et fiévreuse,
Marche toujours du même pas.

L'hiver, l'été, qu'il vente ou pleuve,
Qu'il fasse jour, qu'il fasse nuit,
Avec une ardeur toujours neuve
Elle fait sa tâche sans bruit.

Invisible aux yeux de la foule,
Sa main éteint tous les flambeaux
Et son pied, aux sillons qu'il foule,
Creuse le trou noir des tombeaux.

Elle va, muette et tranquille,
Agitant sa main de métal;
Et les épis tombent par mille
Sous sa faulx au tranchant fatal.

O moissonneuse vagabonde,
Qui donc es-tu, spectre si fort?
— Mon champ d'épis murs est le monde,
Et mon nom, le voici : La Mort!

EN JANVIER

Livrée au vol de l'air, pareille aux blanches laines
  Que laisseraient tomber des agneaux éclatants,
Les nuages houleux nous jettent à mains pleines
La neige aux blancs flocons que chassent les autans !

Quand donc reviendrez-vous, rayons, tièdes haleines ?
Quand donc reviendras-tu, gai soleil du printemps ?
Et vous, pourpre des fleurs ? et vous, bluet des plaines ?
Et vous, chants des oiseaux ? et vous, parfums flottants ?

Qu'il faut souffrir, Seigneur ! Seigneur, qu'il faut attendre
Avant de voir aux champs reverdir l'herbe tendre
Et dans les bois ombreux refleurir les lilas !...

Ainsi notre âme, au joug de la terre asservie,
Pendant les jours si froids et si longs d'ici-bas,
En aspirant au ciel doit souffrir de la vie !

Pithiviers, 28 janvier 1887.

LA NEIGE

LA neige au loin s'étend. Toute la plaine est blanche,
Comme un grand voile blanc et comme un blanc linceul;
Le ciel bas et brumeux vers l'horizon se penche;
Nul bruit. Sur les sillons, le vent gémit tout seul.

Les corbeaux effarés volent sous les nuages,
L'aile lasse et cherchant de leurs yeux effrayés
Si, sur cet océan houleux et sans rivages,
Ils ne trouveront pas où reposer leurs pieds.

Hier, quand le soir vint, la terre était dans l'ombre,
De l'ombre sur son front, de l'ombre sur ses flancs,
Et l'on ne sait comment la Nuit, ce spectre sombre,
A, de ses noires mains, semé ces flocons blancs.

Ce matin, tout est blanc d'une blancheur splendide :
Les toits, les arbres secs, les guérets, les chemins !
Éblouissant tapis sans souillure et sans ride,
La neige au loin s'étend, vierge de pas humains !

Salut ! chaste manteau de la terre immortelle,
O neige, noble hermine échappée au ciel pur.
Sous tes plis onduleux elle apparaît plus belle,
Sans tache, comme aux cieux l'incorruptible azur.

26 janvier 1886.

A L'ÉGLISE DE MON VILLAGE

VIEUX sanctuaire inoublié,
    Vieux autels où j'ai tant prié,
Vieille église de mon baptème,
Te voilà donc, toujours la même !
Pouvoir des premières amours !
L'humble splendeur qui te décore,
A cette heure, après bien des jours,
    Me fait pleurer encore !

Là, pieusement à genoux,
Les yeux baissés, modeste et doux,
Je servais la messe au saint prêtre
Qui fut aussi mon premier maitre.
Là, tout fier de ma jeune voix
Et de ma radieuse aube blanche,
Avec mes amis d'autrefois,
    Je chantais, le dimanche !

Là, quand, sous la rosée en pleurs,
Aux sillons mai rendait les fleurs,
A l'autel où brûlait le cierge,
Je suis venu prier la Vierge.
Le temple, rempli de parfums,
Semblait aussi rempli de flamme,
Et j'en gardais après, sans fins,
    Les clartés dans mon âme !

Là, je fis mon premier aveu ;
Là, plus tard je reçus mon Dieu
Au milieu des sacrés cantiques
Et des enivrements mystiques ;
Là, sur ce noir pavé du chœur,
Quand il fallut choisir ma voie,
En pleurant, je brisai mon cœur,
    Et partis, plein de joie !...

J'ai d'autres souvenirs ailleurs ;
Mais les plus purs, mais les meilleurs,
O ma vieille et tant chère église,
Ils sont là, dans ton ombre grise !
Là, mon enfance m'apparaît
Belle de la candeur de l'ange,
Avec l'irrésistible attrait
    D'un bonheur sans mélange !

L'homme n'est qu'une feuille au vent !
Mais, si Dieu le permet, souvent,

Nid de mon âme, ô maison sainte,
Je reviendrai dans ton enceinte.
Je reviendrai, hélas ! revoir
Ma calme jeunesse envolée
Comme l'encens de l'encensoir
   Sous ta voûte étoilée !

Grigneville, 1ᵉʳ octobre 1888.

LE PAYS RÊVE

~~~~~~

UN JEUNE HOMME.

S'IL était sur la terre un pays où l'aurore
  Sur des horizons purs toujours,
En hiver, comme aux mois que le printemps décore,
  Ne ramenât que des beaux Jours ;

Où nul vent ne soufflât que l'air tiède des brises ;
  Où les cœurs ne connussent pas
Ces filles de nos cieux, ces longues heures grises,
  Lugubres comme le trépas ;

Où les parfums qu'ici, juillet, par les soirs calmes,
  Exhale en souffles caressants,
Montant des fraîches fleurs, tombant des vertes palmes,
  Fissent de l'air même un encens ;

Où les arbres, vêtus de feuilles éternelles,
 Ombreux, frémissent sans repos
Du bruit joyeux des chants, du bruit joyeux des ailes,
 Tout couverts de fruits et d'oiseaux ;

Où, pour nourrir ce corps que la faim ronge et mine,
 Toujours, au bord de son chemin,
L'homme trouvât son pain au rameau qui domine,
 Et là, n'eût qu'à tendre la main ;

Où l'on ne souffrit pas ces maux que l'on endure
 Partout sous nos tristes soleils ;
Où le ciel plus égal, où la terre moins dure
 Offrît à tous des biens pareils ;

Où l'être fût pour l'être un ami vrai qui l'aide,
 Heureux de le savoir heureux ;
Où les hommes surtout eussent l'âme moins laide,
 Eussent le cœur plus généreux ;

S'il était quelque part, ce pays de mes rêves,
 Vous m'y verriez bientôt courir,
Dussé-je, pour le voir, marcher, marcher sans trêves
 Et n'arriver que pour mourir !...

    UN VIEILLARD.

Réjouis-toi, mon fils, car ce pays existe,
 Pays du bonheur idéal,

Où la chair toujours jeune, où le cœur jamais triste
Ne connaissent plus aucun mal !

Rayons, parfums, oiseaux, fruits d'or, fleurs, tiède haleine
Au pur et caressant baiser,
L'homme a tout ! Les plaisirs, comme d'une urne pleine
Coulent sans jamais s'épuiser !

Et sa joie ineffable à chaque instant redouble
Et s'exalte de jour en jour,
Joie immense, sans fond, sans ombres et sans trouble
Car elle est fille de l'amour !

LE JEUNE HOMME.

Faut-il escalader le front ardu des cimes
Franchir quelque noire forêt,
Traverser les déserts, affronter les abîmes ?
Oh ! parlez, parlez, je suis prêt !

LE VIEILLARD.

Non, mon fils, pour atteindre à ces heureuses plages
Et poser là son pied vainqueur,
L'homme n'est pas contraint aux durs et longs voyages :
Il suffit qu'il dompte son cœur !

LE JEUNE HOMME.

Oh ! ne me laissez pas, par pitié, dans le doute !
          Et puisque vous, vous le savez,
O sage, ô doux vieillard, indiquez-moi la route
          De ces beaux pays tant rêvés !

LE VIEILLARD.

Fils, si tu veux la voir, cette terre féconde
          Où vit le bonheur éternel,
Ne tourne pas tes yeux vers les plages du monde,
          Regarde en haut, car c'est le ciel !...

          Orléans, 12 octobre 1887.

AUX LECTEURS

L E sillon que je devais suivre
   Touche au terme que j'ai voulu;
Maintenant donc, fermez ce livre,
O Paysans qui l'avez lu.

Par les soirs d'orage ou de givre,
Relisez-le, s'il vous a plu;
Vos cœurs se sentiront revivre
Comme vos blés quand il a plu.

Pour moi, comme vous, sans relâche,
Rivé chaque jour à ma tâche,
J'aurai ma moisson tous les ans.

Puisse Dieu, qui bénit vos gerbes,
De la splendeur des cieux superbes,
Bénir aussi mes humbles chants !

TABLE

LIVRE III

IMP. GEORGES JACOB, — ORLÉANS.